Irritationen

DES

Irrsinns

Dieses Buch ist der liebenswerten Frau gewidmet,
die mich zur Welt brachte.

Ich hoffe, du bleibst uns noch einige Jahre erhalten!

Jörg Maaß

Jörg Maaß

Irritationen des Irrsinns

Kurzgeschichten
und
Gedichte
von Jörg Maaß

Bibliografische Information der Deutschen Nationalbibliothek:
Die Deutsche Nationalbibliothek verzeichnet diese Publikation in der Deutschen Nationalbibliografie; detaillierte bibliografische Daten sind im Internet über http://dnb.dnb.de abrufbar.

Überarbeitete Fassung
© *2022 Jörg Maaß*
Cover: **KreativWerk Lägerdorf**

Herstellung und Verlag: BoD – Books on Demand, Norderstedt
ISBN 978-3-7431-64659

Vorwort

März 2017:
Ich war lange am Überlegen, ob ich noch mehr Shortstorys in das Buch „packe", denn es harrt noch einiges Material in meinen virtuellen Ordnern. Letztendlich entschied ich mich aber dagegen und beließ es bei neun Kurzgeschichten, fünf Gedichten und einen Märchen. Im Vergleich zu den letzten Büchern ist das vorliegende aber trotzdem etwas umfangreicher geworden.

Ich drifte bei den Storys, wie ich feststelle, immer mehr in den Horror/Fantasy/Mysterybereich ab, was daran liegen könnte, was ich in letzter Zeit erlebt und gehört habe. Mir erscheint, dass unsere Gesellschaft immer kälter wird, bar jeglichen Einfühlungsvermögen. Allerdings treffe ich manchmal auch auf Ausnahmen, was mir wieder etwas Hoffnung gibt.

Zu den Storys:
Das Ende des Befreiers ist die Fortsetzung "Der Befreiung" und „Die Befreiung des Befreiers", also das Ende einer Trilogie, wenn man so will. Die Gelben Augen des Todes hat ein offenes Ende und lässt Raum für eine eventuelle Fortsetzung. Von den Gedichten ist „Gefangene" aus meinem letzten Buch (Gefangene, Befreier und ein blutiger Platz).

Ich wünsche euch gute Unterhaltung und viel Spaß beim Lesen!

Jörg Maaß

Der Tod der Giganten

Starr und unbeweglich standen sich die beiden gegenüber. Es sah aus wie ein Duell zweier mächtiger Giganten, die nur das Ziel kannten, den anderen zu überleben.

Unzählige Gefährten verstarben in den Jahren, aber ihnen hatte das Schicksal ein relativ schadloses Dasein gegönnt. Ihre Leiber waren gewaltig, riesig und mit, für menschliche Augen und Seelen, faszinierenden Auren, die Verzauberungen gleichkamen.

Bei dem etwas Größeren zierten einige Verunstaltungen den Körper, missratenen Tätowierungen ähnlich, entstanden in Launen von Liebe, menschlichem Überschwang oder grausamer Gefühllosigkeit.

Im Laufe ihres langen Lebens gab es so manche Verletzung und auch Gliedmaßen gingen ihnen verloren, teilweise durch Ausschweifungen der Natur, einige mittels Amputationen der Menschen, doch insgesamt konnten sie auf ein relativ unbeschadetes Leben zurückblicken.

Standhaftigkeit war das Wort, welches viele Menschen bei ihrem Anblick am häufigsten nannten, wobei sich mancher fragte, ob die beiden insgeheim nicht manchmal den Wunsch der Flucht hegten. Oft bezeichnete man mit dieser Eigenschaft auch Humanoide, doch erschien ein Vergleich äußerst fragwürdig, da Menschen immer die Wahl und Möglichkeit hatten, ihren Standort zu verändern. Außerdem bezog sich das Wort hier meistens auf den Charakter, während es bei den Lebewesen durchaus wortgetreu zu verstehen war. Andere nannten sie Könige oder Kaiser, zwar mit nur sehr begrenztem Machtbereich und winzigem Gebiet, dafür aber mit äußerst prächtigen Kronen!

Unfähig miteinander zu sprechen, bestand dennoch auf beiden Seiten eine Art von Respekt. Wären sie humanoide Wesen, könnte man es vielleicht sogar als Freundschaft bezeichnen.

Während ihrer, nun schon über zwei Jahrhunderte langen, Existenz ereigneten sich Geschichten, die dicke Bände füllten. Gestürzte Regierungen, zwei Weltkriege mit unzähligen Toten, Ozonloch, saurer Regen, Erderwärmung, Klimawandel, **sie** hatten alles überstanden! Auch ein drohendes Unwetter, das sich am verdunkelten Himmel abzeichnete, beeindruckte die beiden nicht besonders, denn ähnliche gab es im Laufe der Epochen schon des Öfteren.

Der heftige Wind fuhr jetzt durch ihre Häupter, löste lautes Rauschen aus und Teile ihrer „Bekleidung" flogen über Felder und Kuhkoppeln, vollführten unter den immer stärker werdenden Böen ein wildes, tanzartiges Spektakel, als sie durch die Luft gewirbelt wurden. Im Vergleich mit Eröffnungsfeiern von großen Sportveranstaltungen wirkten diese dagegen wie fade, kreativlose Inszenierungen uninspirierter, talentloser Pseudokünstler!

Von dem nahen Feldweg her flatterte eine alte Eisverpackung durch die Luft und verfing sich im Haupt des kleineren Riesen. Diesmal war es nicht eines der unzähligen, üblichen Sommergewitter, sondern ein immer stärker anschwellender Sturm. Zwei der Ihren hatte das Unwetter schon zum Stürzen gebracht und auch der etwas kleinere Gigant geriet nun leicht ins Wanken. Riesige Blitze zuckten durch den fast pechschwarzen Himmel und der nahe See erleuchtete kurzzeitig unter deren Bestrahlung. Der Donner hörte sich an wie das tiefe Knurren eines riesigen, hungrigen Hundes! Unermessliche Wassermassen prasselten nun erbarmungslos auf sie nieder und Millionen von Tropfen prallten von ihren Körpern ab und fielen dann auf den Boden. Jeder Mensch hätte gestöhnt über die unerträgliche Tortur, der sie ausgesetzt waren, und dabei hatte der Orkan noch lange nicht seinen Höhepunkt erreicht.

Beide Kolosse knarrten ob des immensen Drucks, den die starken Windhosen auf ihren Stamm ausübten. Viele Stürme und Orkane hatten sie überlebt, aber beide fühlten, dass sie den heutigen nicht standhalten würden.

Die Eiche, der etwas kleinere der beiden Bäume, litt schon seit einiger Zeit unter der extremen Stärke des Sturms und plötzlich, gerade als die Windrichtung sich etwas von ihr abgewandt hatte, schnellte ein besonders großer Blitz aus dem pechschwarzen Himmel und schlug in den Stamm ein. Kurz danach ertönte ein schreckliches Knarren und der botanische Urgigant stürzte krachend in die nahe Rotbuche. Die Fagus sylvatica war zwar noch etwas breiter und höher als ihre Nachbarin, aber solch einen gewaltigen Druck konnte auch sie nicht widerstehen und so entwurzelte der mächtige Riese mit lauten Getöse, das sogar den Donner übertönte und den Boden kurzzeitig erzittern ließ. Keine neuen Blüten, Früchte, Blätter, Fotosynthesen mehr! Der Tod war in Form eines Orkans erschienen und hatte nun ihre mehr als zwei Jahrhunderte andauernde Ära abrupt beendet!

Etliche Tiere, die unter den Gehölzen Schutz gefunden oder in Baumhöhlen gewohnt hatten, wurden einfach zermalmt. Andere, unter ihnen eine Ringelnatter, konnten sich gerade noch hinaus winden und Zuflucht in einem nahen Gebüsch suchen.

Minuten später, es hatte den Anschein, als ob die Natur geschockt in tiefer Trauer versank, einsehend, dass sie für eine Tragödie mit unermesslichem Ausmaß für Flora und Fauna verantwortlich war, verstummte das Unwetter, der Wind ließ nach, der Himmel lichtete sich und von den beiden in sich verhakten, einst so prächtigen Bäumen, floss das Regenwasser in die zwei großen, durch die Entwurzelungen entstandenen, Löcher, in denen vielleicht einmal neue Giganten wachsen werden.

Anmerkung: Fagus =Buche (lateinisch), Fagus sylvatica=Rotbuche

Der Bussard

Nicht zum ersten Mal staunte er darüber, was für eine Vielzahl von Tieren hier lebte. Rehe, Marder, Igel, Hasen, Füchse und jede Menge Vögel. Viele von ihnen gehörten zu alltäglichen Arten wie Blaumeisen, Spatzen und Amseln, aber zuweilen konnte man auch Zaunkönige, Bussarde und manchmal sogar einen Adler bei der Jagd beobachten. Die Spaziergänge im Naturschutzgebiet taten ihm sehr gut, denn seine Psyche war durch diverse Drogenexzesse stark angegriffen. Zwar lebte er seit einigen Monaten total abstinent, doch Körper und Geist litten zuweilen immer noch etwas unter den Nachwirkungen des ausschweifenden Lebenswandels.

Lebenswandel! Auch so ein Wort aus dem Sprachgebrauch der, ihm so anwidernden, Gesellschaft. Wenn er jetzt, mit etwas Abstand, über seine Drogenkarriere nachdachte, erschienen ihm die damaligen Beweggründe klar und offensichtlich: Es handelte sich dabei um nichts anderes als eine Flucht und Verdrängung des ganzen bourgeoisen Druckes und der spießigen Zwänge, die ihm schon als Kind und später (ab da noch viel ausgeprägter) als Jugendlicher verhasst gewesen waren! Dieses: "Du musst!", "Du sollst!", "Das macht man nicht!", "Das ist verboten!", hatte er in der Schule schon nicht begriffen, ebenso wenig die totale Intoleranz gegenüber Andersdenkenden und fremden Kulturen. Warum nur der Streit und Hass, die Kriege (selbst in den Mietshäusern gab es ja manchmal Kleinkriege zwischen Nachbarn und das aufgrund totaler Belanglosigkeiten)? Nein, er würde die Menschen wohl nie verstehen! Da gefiel ihm die Tierwelt doch wesentlich besser, denn hier gab es nur das klare Fressen und gefressen werden.

Dass wenigstens noch ein paar Naturschutzgebiete existierten, wo der Mensch (weitestgehend jedenfalls) nicht eingriff, stimmte ihn etwas fröhlicher. Inmitten seiner Gedankengänge wurde er von einem Schrei aufgeschreckt, der nicht aus dem Munde eines Humanoiden kam. Wer oder was konnte ihn ausgelöst haben? Da erblickte er an einer nahen Kuhkoppel einen Greifvogel, der sich im Stacheldraht des Zaunes verfangen hatte und verzweifelte Befreiungsversuche unternahm. Der Anblick des gepeinigten Tieres löste bei ihm Mitleid aus und er versuchte den gefiederten Jäger zu helfen, bevor der sich weiter seinen Körper aufriss. Doch genau in dem Moment, als er begann, den Stacheldraht herauszuziehen, hackte der Vogel ihm in den Unterarm. Trotz Schmerzen gelang es dem ehemaligen Rauschgiftkonsumenten das Tier von seinen Fesseln zu befreien, wonach der Bussard, ohne ihn eines weiteren Blickes zu würdigen, eilig davon flog. Dabei fielen einige Tropfen des Vogelblutes auf seinem Arm und gelangten so von ihm unbemerkt in die offene Wunde!

Froh, etwas Sinnvolles getan zu haben, sah er wehmütig den gefiederten Räuber in die Weiten des blauen Himmels emporsteigen, bis er nach kurzer Zeit aus seinem Sichtfeld verschwand. „Der weiß nichts von Drogenproblemen, Hass und künstlichen Zwängen, der kämpft nur um sein Überleben", dachte er und blickte auf den immer noch blutenden Arm. "Ich muss die Verletzung unbedingt auswaschen, sonst entzündet sie sich noch", stellte der Vogelfreund fest und wickelte notdürftig ein Taschentuch um die Stelle. Zu Hause angekommen, reinigte und desinfizierte der Mann die Wunde und legte einen Verband aus Mullbinden an. Nach kurzem Nachdenken entschied er sich gegen einen Arztbesuch und hielt es stattdessen zunächst für sinnvoller abzuwarten, ob die Verletzung in den nächsten Tagen verheilen würde, da sie ihm merkwürdigerweise auch kaum noch Schmerzen bereitete.

In der folgenden Nacht hatte er einen sehr eigenartigen Traum. Dort stand er auf einer Kuhkoppel, umkreist von dem Bussard, der dabei laute Schreie aus stieß! Seltsamerweise verstand er im Traum die Sprache des Vogels. Der forderte ihn vehement auf, mit ihm fortzufliegen. Aber das war doch absurd, wie sollte er denn auf einmal fliegen können?

Schweißgebadet und kopfschüttelnd wachte er auf. Was symbolisierte dieser merkwürdige Traum? Lag die Ursache vielleicht darin begründet, dass sich sein Unterbewusstsein so stark mit dem Bussard beschäftigt hatte? Und woher kam die große Feder auf dem Kopfkissen? Sie sah nicht so aus, als ob sie aus seiner Bettdecke stammte. Erstaunt rieb er sich die verklebten Augenlider und stand auf. Beim Rasieren wuchs die Verwunderung noch. Denn als er in den Spiegel blickte, stellte er fest, dass seine einst grünen Augen nun einen kleinen, bräunlichen Schimmer hatten. Eigenartig, die Augenfarbe der Menschen veränderte sich doch nach etwa einem Lebensjahr nicht mehr. Handelte es sich vielleicht immer noch um Nachwirkungen der Drogen? Aber nein! Es war jetzt vier Monate her, seit er zuletzt Rauschgift konsumiert hatte, und das war zudem nur Dope gewesen, synthetische Drogen wie LSD, Ecstasy, MDMA und andere „nette" Stoffe nahm er schon seit mehr als einem halben Jahr nicht mehr! Und trotzdem …! Er fand keine Erklärung!

Am Nachmittag begab er sich zum Naturschutzgebiet, um dort über die Ereignisse nachzudenken. Kurz bevor er die Kuhkoppel erreichte, sah er ihn. Hoch oben im Himmel kreiste ein Greifvogel. „Ob das der von mir befreite Bussard ist?", fragte sich Bernd. Während der weiteren Wanderung blieb sein Blick die ganze Zeit an dem Tier haften, wobei er den Eindruck gewann, dass der Vogel ihn verfolgte. Als Bernd ein kleines Waldstück am Rande des Naturschutzgebietes erreichte, verlor er den Bussard plötzlich aus den Augen. Es schien fast so, als ob er sich in Luft aufgelöst hätte.

In der nächsten Nacht wälzte Bernd sich unruhig hin und her, und nachdem ihn der Schlaf schließlich doch noch übermannte, befand er sich wieder mit dem Greifvogel auf der Kuhwiese. Aber diesmal war der Traum anders, auch viel intensiver. Es schien so, als ob zwischen dem Bussard und ihm jetzt eine Freundschaft bestand. Das Einzige, was an diesem Traum exakt mit dem Vorherigen übereinstimmte, war die Aufforderung des Vogels, mit ihm fortzufliegen. Und er probierte es, was natürlich ohne Flügel völlig lächerlich wirkte. Doch bei seinen plumpen Versuchen in die Lüfte zu steigen, fiel ihm auf, dass sich auf den Armen etliche Federn befanden, die denen des Bussards sehr ähnelten! „Komm flieg mit mir davon", flüsterte der Vogel. „Nie wieder Drogen, kein Hass, kein Streit mehr mit deinen Nachbarn, dafür: Freiheit!"

„Ja, Jaaaaaa!", schrie er und wachte völlig durchgeschwitzt auf! Kopfschüttelnd richtete sich der Naturfreak in seinem Bett auf und strich seine langen braunen Haare, von denen einige Strähnen bedingt durch die nächtliche Transpiration an Stirn und Wangen klebten, aus dem Gesicht. Für einen kurzen Augenblick stieg in ihm der Wunsch auf, etwas Haschisch zu rauchen, der aber gleich wieder erfolgreich verdrängt wurde. Stattdessen nahm er sich vor, in den nächsten Tagen mal wieder den ihm behandelnden Psychiater Dr. Mind aufzusuchen, da die Ursachen für die Träume bestimmt darin begründet lagen, dass die Giftstoffe immer noch nicht vollständig abgebaut waren, so lautete seine Selbstdiagnose. Doch als er, um einen Termin zu vereinbaren, dessen Telefonnummer wählen wollte, überkamen ihm Zweifel. Er befürchtete, dass der Arzt ihn beschuldigen würde, rückfällig geworden zu sein. Die Vorstellung von Drogentests, eventueller Medikamentenumstellung und unzähligen Gesprächsterminen, wo er sich dann erneut das ganze psychologische Geschwafel anhören musste, schreckte ihn ab. „Ich könnte aber diesen Schamanen besuchen, vielleicht kennt der sich mit Traumdeutung aus! Ja, das ist eine gute Idee", kam es murmelnd aus seinem Munde.

Im Badezimmer traute er sich kaum in den Spiegel zu schauen, als er es dann aber doch tat, erschrak er. Ein Paar braune Augen starrten ihn an und das war nicht die einzige Veränderung! Die Nase schien jetzt etwas kleiner zu sein und seine Oberlippe sah merkwürdig gebogen, fast krumm aus. Als er sie betastete, stellte er fest, dass sich auf ihr eine leichte Hornschicht gebildet hatte. „Aber das kann doch nicht wahr sein, wirst du jetzt wahnsinnig, Bernd?!!", schrie er. Da ihm natürlich niemand auf seine Frage antwortete, zog er sich nach einem kleinen Frühstück, das er ziemlich appetitlos herunterwürgte, Jacke und Schuhe an, um den nordamerikanischen Medizinmann einen Besuch abzustatten.

Der fast zwei Meter großer Hüne mit schulterlangen, pechschwarzen Haaren öffnete ihn mit fragendem Blick die Tür. „Ich bin es, Bernd! Erinnerst du dich nicht? Der Kumpel von Martin!" „Ach ja, jetzt fällt es mir wieder ein, woher ich dich kenne. Komm doch rein!" Mit einer generösen Handbewegung deutete ihn der Schamane an, einzutreten!

Bernd kannte den Mann nur flüchtig von Martins Geburtstagsfeier, ihm waren dessen Wohnung und deren Einrichtung bis dato gänzlich fremd. Als er das Quartier des Medizinmannes betrat, weiteten sich seine Augen vor Erstaunen, denn so etwas hatte er noch nie zu Gesicht bekommen. Seltsame Emotionen überkamen ihn, es war fast so, als wäre er in eine ganz andere, sehr exotisch wirkende, Welt aus vergangener Zeit transformiert worden.

In den Ecken des großen Wohnzimmers lagen zwei zusammengelegte bunte Tipis. Neben den Zelten befanden sich mehrere Musikinstrumente, darunter zwei alte Trommeln, die heutige Schlagzeuger und Percussionisten als primitiv bezeichnen würden, aber noch voll einsatzfähig aussahen. Wahrscheinlich benutze sie der Besitzer noch regelmäßig, vielleicht für Zeremonien. Auf den völlig überfüllten Regalen standen unzählige alte Skulpturen. Eine von ihnen, die ihn besonders fesselte, war eine große hölzerne Schnitzerei. Sie stellte einen Raubvogel, der auf dem Bauch einer großen, auf den Rücken liegenden Schildkröte stand, dar. Aber auch sonst gab es viele interessante Antiquitäten, die der Schamane aus den USA importiert haben musste, vielleicht handelte es sich aber auch um Erbstücke von längst verstorbenen Vorfahren, zu bewundern. Unter ihnen mehrere verzierte Tomahawks, von denen einige Neuanfertigungen zu sein schienen, während man bei anderen erkennen konnte, dass es Reliquien aus der Zeit waren, in denen die nordamerikanischen Urvölker noch frei und unabhängig in den Wäldern und Prärien leben konnten. Jetzt wohnten die Meisten, wie Bernd aus Fernsehberichten wusste, in Reservationen ihres Stammes oder in Großstädten, was zur Folge hatte, dass bei vielen der jüngeren Generation die alten Gebräuche, Riten, Traditionen und die Einstellung zur Natur leider verloren gegangen waren. Dann fiel sein Blick auf die lange, mit obskuren, kleinen, bunt bemalten geschnitzten Holzköpfen, die denen einiger amerikanischer Tiere ähnelten, verzierte Friedenspfeife. Ein wahres Kunstwerk, aus dem, wie Bernd eindringlich riechen konnte, nicht nur Tabak geraucht wurde.

Der Indianer ließ ihn einige Minuten gewähren und fragte dann: „Sag, was führt dich zu mir, Bruder?" „Ein Problem, ein ganz großes Problem! Ich befürchte, dass ich verrückt werde!", antwortete er. „Verrückt ist ein sehr interessantes Wort, es bedeutet im Grunde genommen nur, dass sich etwas nicht an seinem üblichen Platz befindet, aber da es sich möglicherweise um einen Bestandteil des Gehirns handelt, kann diese Art von Unordnung sehr gefährlich sein. Erzähle mir von deinen Sorgen!"

Bernd berichtete ihm von den Ereignissen der letzten Tage und besonders ausführlich von den Träumen. „Hm, das sieht so aus, als ob du dich im Unterbewusstsein mit dem Tier identifizierst. Vielleicht sind es aber auch stark ausgeprägte Wunschvorstellungen, unterdrückte Sehnsüchte nach Freiheit und durch das Ereignis mit dem Vogel gelangen sie nun an die Oberfläche! Ein Bussard sagst du? Die Stämme Nordamerikas haben den Roten Habicht als Totem in ihrer Religion und den Raben, aber ein Bussard kommt da leider nicht vor. Man kann aber auch noch andere Möglichkeiten in Betracht ziehen, die schlüssigste ist eine Wundinfektion. Warst du deswegen schon beim Arzt?" „Nein, denn die Wunde ist fast verheilt, und zu meinem Psychiater gehe ich auch nicht, denn der behauptet bestimmt, dass ich wieder Drogen nahm und …!"

„**D**rogen, da kommt mir eine Idee", unterbrach ihn der Medizinmann. „Hast du schon mal Peyote genossen?" „Peyote? Nein, das ist eine der wenigen Drugs, die ich noch nicht ausprobiert habe, warum fragst du?" „Ich bekomme heute Abend etwas von einem Bekannten. Wenn du willst, können wir morgen in das Naturschutzgebiet gehen, vorher etwas von dem Kaktus einnehmen und dann, nachdem sich dein Spirit von den voreingenommen, dogmatischen Ansichten gelöst hat, mittels eines alten indianischen Rituals in Sphären, Dimensionen gelangen …!" „Die noch nie ein Mensch gesehen hat? Du schaust dir zu viele alte Science-Fiction-

Serien an! Ich dachte, du könntest mir helfen, weil du dich mit Traumdeutung auskennst, aber das war wohl ein großer Irrtum, da hätte ich auch zu einen Esoterikguru gehen können!" „Wenn du es dir doch anders überlegen solltest, ich warte auf dich, bin morgen den ganzen Tag zu Hause!" „Nein, ich will mit Drogen nichts mehr zu tun haben, es ist wahrscheinlich nur mein Unterbewusstsein, das mir Streiche spielt, vielleicht in Kombination mit dem Entzug …!" „Aber Bruder, du bist doch schon seit Monaten clean!" „Ich glaube trotzdem, dass es sich nur um Nachwirkungen von den Giftstoffen handelt, aber danke für dein Zuhören.", beharrte Bernd auf seinem Standpunkt und verließ eilig die Wohnung. „Wir sehen uns wieder", rief ihm der Schamane mit einem merkwürdig überzeugten Tonfall nach.

Auf dem Rückweg ließ er sich alles noch einmal durch den Kopf gehen. Was sollte er tun, wenn die Träume nicht aufhörten? Und dann gab es da ja außerdem die komischen Veränderungen seiner Augen und Nase, dazu die fremde Feder auf dem Kopfkissen. Hierfür fiel dem Medizinmann auch keine Erklärung ein! Während des Rückweges zu seiner Wohnung verspürte er plötzlich Fußschmerzen. Nein, eigentlich drückten die Zehen, es kam ihm so vor, als ob seine Schuhe auf einmal zu klein und eng waren. Aber das erschien unmöglich, denn er besaß sie schon seit über einem Jahr und die Halbstiefel hatten ihm nie Probleme bereitet. Also stimmte etwas mit den Füßen nicht, vielleicht waren sie durch die vielen langen Spaziergänge überlastet und angeschwollen. „Na ja, den letzten Kilometer schaffe ich jetzt auch noch", dachte er und beschleunigte sein Tempo! Als Bernd dann seine Wohnung betrat und die Schuhe ausziehen wollte, bemerkte er, dass die Sohlen vorne an mehreren Stellen durchlöchert waren! Leichte Panik überkam ihn. Hektisch versuchte er sich von seiner Fußbekleidung zu befreien, was ihm seltsamerweise sehr schwerfiel. Nach einigen vergeblichen Versuchen gelang es dem Freak dann letztendlich aber doch. Sichtlich genervt schmiss er die kaputten Schuhe in eine Ecke seines chaotisch aussehenden Wohnzimmers und atmete erleichtert auf. Doch als Bernd die völlig zerschlissenen Strümpfe auszog und seine Füße betrachtete, schrie er vor Entsetzen auf! Dort befanden sich keine Zehen mehr, sondern: ... Krallen!! Sie sahen fast wie die eines Greifvogels aus! „Das kann nicht wahr sein, ich werde wahnsinnig!", schrie er. Oder sind es Halluzinationen? Zum Glück befand sich im Kühlschrank noch eine Flasche Whisky, mit dessen Hilfe er Stunden später, noch vollständig angezogen, auf seiner Couch die Besinnung verlor.

Die Tiefschlafphase hatte gerade eingesetzt, als er erneut von dem Vogel träumte! Er befand sich wieder auf der, nun schon fast vertrauten, Kuhkoppel. Einige Meter von ihm entfernt lag eine dunkle, längliche Masse. Da im Traum ein leichter Nebel wallte, konnte Bernd das Objekt nicht identifizieren, verspürte aber instinktiv eine starke Abneigung dagegen. Plötzlich schoss der Bussard aus dem Nebel, umflog ihn und flüsterte dabei in sein Ohr: „Iss! Iss mein Freund, es schmeckt köstlich und wird dir Kraft geben!" Wie hypnotisiert ging Bernd auf das Geschenk des Bussards zu. Bei dem „Lunch" angekommen, bückte er sich und hackte mit seinem Mund, nein, einen Mund besaß er nicht mehr, sondern stattdessen ein Schnabel, der dem seines gefiederten Freundes stark ähnelte, in die vermeintliche Delikatesse und erschrak!

Bei der Mahlzeit handelte es sich um eine Ratte, deren Eingeweide heraushingen. Als er genauer hinsah, entdeckte er einen Wurm, der sich zwischen den Darmschlingen wand, was den Ekel und die Abscheu in ihm noch verstärkte!

Schreiend wachte Bernd auf und schüttelte sich! Ein ungläubiges Staunen zeichnete sich auf dem bleichen Gesicht ab, als ihm die mindestens zwanzig großen Federn im Bett auffielen! Zudem verspürte er ein äußerst eigenartiges Gefühl im Rückenbereich. Während seine Hände diesen betasteten, stellte er dabei fest, dass sich an einigen Stellen keine Haut mehr befand, sondern …

Panisch rannte Bernd in das Badezimmer, drehte den Wasserhahn auf, hielt seinen durch den Whiskyrausch schmerzenden Schädel unter dem Strahl und blickte anschließend in dem Spiegel! Was er dort sah, erschien unglaublich! Unzählige Vogelfedern zierten größere Teile des Rückens und kleinere Partien des Brustbereiches! Doch es gab noch eine zweite, viel schwerwiegendere Veränderung. Mindestens zehn Zentimeter Körpergröße fehlten, in der letzten Nacht schien ein Schrumpfungsprozess begonnen zu haben, was ihm beim Aufwachen gar nicht so aufgefallen war. Hastig zog er sich an, was sich aufgrund der Fußveränderung bei der Hose als sehr schwierig gestaltete. Susanne hatte sich zwar heute zu Besuch angekündigt, aber er wollte nicht, dass sie ihn in diesem Zustand antraf. Um seine „Füße" wickelte er Mullbinden, da sie aufgrund der Krallen in keinen Schuh mehr hineinpassten. Schnell kritzelte Bernd noch eine banale Ausrede für seine Freundin auf einem Zettel (Handy und Internetanschluss besaß der ehemalige multitoxische Drogist nicht, und bei einem Festnetztelefonat würde Susanne mit Sicherheit an der Stimme erkennen, dass etwas mit ihm nicht in Ordnung war), den er mit etwas Tesafilm an die Wohnungstür klebte, und begab sich erneut zu dem Medizinmann, bereit für den wahrscheinlich letzten, ultimativen Drogentrip.

Peyote, Peyote, das ist doch diese Kaktusdroge, murmelte er vor sich hin! Gehört hatte Bernd natürlich schon davon, aber es noch nie eingenommen. „Na egal, ich klammere mich jetzt an jedem kleinen Strohhalm", dachte der „Bussardfreund".

Als er vor der offenen Wohnungstür des Schamanen stand, trat dieser her raus, sah ihn für einige Sekunden mit großen Augen merkwürdig an und sprach dann mit eigenartiger, leicht verzerrter Stimme: „Ich erwartete dich schon seit einer halben Stunde. Mein Bruder aus Amerika hat mir, wie versprochen, Peyote vorbeigebracht. Wir werden den großen Geist anrufen, und zwar dort an dem Platz auf der Kuhwiese, wo du den Vogel gefunden hast!"

So machte sich das Duo auf in Richtung Naturschutzgebiet. Beide nicht ahnend, welche dramatische Entwicklung das Geschehen annehmen würde. Kurz nachdem sie das Haus verlassen hatten, drückte der Schamane Bernd etwas in die Hand! „Gut durchkauen, kann zu einem Stechen im Hals führen, wenn du Pech hast, auch zur Übelkeit, schlimmstenfalls zum Erbrechen, aber wenn wir die Wahrheit erkunden wollen, musst du da durch! Ich nahm meine Mahlzeit schon vor einer Stunde ein."

Während des Ganges zur Kuhwiese ging es Bernd, wie von dem Spender prognostiziert, wirklich sehr schlecht. Zweimal gelang es ihm gerade noch, den Brechreiz zu unterdrücken! Auch spürte er einige Minuten einen stechenden Schmerz im Hals, doch nachdem sich die beiden auf die Koppel gesetzt hatten, kam in ihm allmählich so etwas wie Entspannung auf. "Wir werden jetzt den großen Geist anrufen, er wird uns erklären, was er mit dir vorhat", sagte der Indianer. Bernd blickte seinen Gefährten mit einem etwas verwirrten Gesicht an und fragte: „Sag mal, bin ich eigentlich noch weiter geschrumpft?" Der Medizinmann verzog das Gesicht, als er auf seinen Bekannten heruntersah, dessen Körpergröße sich auf mittlerweile nur noch knapp einen Meter dezimiert hatte. „Etwas, mein Bruder, aber der große Geist "... Er unterbrach seinen Satz und blickte nach oben, wo ein Greifvogel mit weit ausgebreiteten Schwingen kreiste. Ob das der Bussard war, den Martin befreit hatte? Oder flog dort ein Gesandter Manitus?

Mittlerweile näherte sich die Wirkung der Droge ihren Höhepunkt! Der große Mann vom Kontinent jenseits des Atlantischen Ozeans starrte fasziniert auf die Kuhwiese. Sie sah für ihn jetzt wie ein grünes, welliges Meer mit ein paar vereinzelnden dunklen Flecken (den Kuhfladen) aus. Er riss sich seine Kleidung vom Leib und stimmte mit geschlossenen Augen einen uralten Gesang in der Sprache seiner Vorfahren an. Fast eine halbe Stunde verharrte der singende Medizinmann im Schneidersitz. Dann öffnete er wieder die Augen und sah erneut hoch in den Himmel, der nun von seltsamen, flimmernden, silbernen Streifen, fast so hell wie die strahlende Mittagssonne, durchzogen war. Da oben flog immer noch der Bussard. Nein, als er genauer hinsah, ein Mensch mit Flügeln, dann ein drachenähnliches Wesen mit langen Klauen, riesigen Schwingen und scheußlicher Fratze und schließlich wieder ein Bussard. Der Schamane schrie vor Schreck laut auf, denn seine Psyche erwies sich als unfähig, die jetzt immer schneller werdenden „Zellmodulationen" der Kreatur zu verarbeiten. Er wandte seinen Blick ab und richtete ihn Hilfe suchend nach Bernd. Aber der schien sich nicht mehr auf der Wiese zu befinden, jedenfalls nicht in menschlicher Gestalt! Stattdessen stand dort jetzt ein Bussard, der eifrig Flugversuche probierte. "Bernd! Nein das kann nicht sein!", schrie der Indianer und versuchte den Vogel festzuhalten. Da erklang plötzlich ein lautes Kreischen und Rauschen aus dem Himmel. Als der Schamane nach oben blickte, sah er den Bussard, der die ganze Zeit über ihnen gekreist hatte, im Sturzflug auf sich zukommen. Durch das Rauschgift in seinem Reaktionsvermögen stark eingeschränkt, konnte der Medizinmann nur zusehen, wie der Vogel gleich dem Pfeil eines nordamerikanischen Kriegers des vergangenen Jahrtausends zielstrebig auf seinen Kopf zu schnellte und ihm sein rechtes Auge heraus hackte, während zeitgleich der Bussard, welcher vor Kurzem noch unter den Namen Bernd ein menschliches Leben führte, in den Himmel emporstieg und davonflog, um seine neue Existenzform zu genießen!

Der hünenhafte Nachkomme amerikanischer Ureinwohner schrie ob der Schmerzen laut auf und hielt sich die rechte Hand vor die nunmehr leere Augenhöhle, aus der, einer sprudelnden Wasserquelle ähnelnd, scheinbar unaufhörlich

Blut herausfloss, das auf die grüne Wiese tropfte und sie mit kleinen roten Klecksen sprenkelte. Mit dem linken Sehorgan betrachtete er sich die durch seinen „Lebenssaft" rot verschmierten Finger, auf denen er meinte, krabbelnde Bewegungen erkannt zu haben. Sie stammten, wie ihm sein drogenverseuchtes Gehirn vorgaukelte, von den Blutkörperchen, die das Aussehen kleiner, roter und weißer, insektenähnlicher Wesen mit Fischflossen anstatt Flügeln und winzigen raubtierartigen Mäulern, in denen sich unzählige spitze Zähne befanden, besaßen. Die kleinen Ungeheuer starrten ihn mit ihren winzigen, kreisrunden schwarzen Augen vorwurfsvoll an und gaben bedrohlich klingende Zischlaute von sich, was sein Grauen noch verstärkte und den großen Mann animierte, schreiend davonzulaufen!

Susanne fand den Zettel an Bernds Wohnungstür und wunderte sich. Normalerweise hielt er Verabredungen immer ein. Eine Entschuldigung, zudem in Zettelform, war schon mehr als ungewöhnlich. Warum hatte Bernd nicht wenigstens angerufen? Als sie gerade im Begriff war zu gehen, öffnete sich die Tür des Nachbarn. „Na, hat der Kerl Sie versetzt? Ist eh nichts wert, wenn Sie mich fragen. Ich glaube, der säuft oder nimmt Drogen! In den letzten Nächten hörte ich ihn immer laut schreien. Außerdem sah ihr Freund sehr merkwürdig aus, das Gesicht wirkte irgendwie verändert und um seine Füße hatte er heute Verbände gewickelt. Der nimmt bestimmt Drogen, an deiner Stelle würde ich den Kerl vergessen und wenn du es unbedingt nötig hast ... Nun, ich bin schon seit Längerem" ... „Nein, danke schön!", sagte Susanne und lief eilig die Treppe runter! „Das fehlt mir ge-

rade noch. So ein mieser, alter, zahnloser, geiler Bock.",
dachte sie.

Unten an der Straße angekommen, blieb sie unschlüssig eine
Minute stehen und betrat dann ein nahes Café. Was war bloß
mit Bernd los? Die letzten Tage klang er am Telefon sehr
verändert. Bedingt durch ihre Arbeit konnte sie aus zeitlichen Gründen leider nicht früher zu ihm kommen. Was hatte
sein Nachbar gefaselt? Etwas von Gesichtsveränderung und
nächtlichen Schreien? Ob er krank war? Hoffentlich nicht irgendeine ansteckende Krankheit, in den letzten Jahren gab
es ja viele neue Seuchen, wie zum Beispiel Ebola und andere „nette" Viruskreationen! Als Susanne, eine gut aussehende, intelligente, lebenserfahrene Frau in den Vierzigern, den
Kaffee ausgetrunken hatte, beschloss sie, das Naturschutzgebiet aufzusuchen. Auf dem Weg dorthin dachte sie über das
Verhalten ihres Freundes nach. „Vielleicht hatte er einen
Rückfall erlitten, die Erzählungen seines ekligen Nachbarn
sprachen dafür! Seit einigen Monaten war Bernd jetzt abstinent, zu mindestens behauptete er es. Sollte vielleicht ...?"

Ein irres Schreien riss die Frau aus ihren Gedanken! Als sie
ihren Blick geradeaus richtete, sah Susanne einen großen,
nackten, blutverschmierten Mann, der ihr entgegengelaufen
kam. „Bernd! Der böse Geist nahm Bernd zu sich und jetzt
ist er hinter mir her! Seine kleinen bösartigen Helfer sandte
er mir schon! Sieh nur, sie sind in meinem Blut!", schrie er
und hielt ihr seine rechte Hand hin! Susanne erschrak beim
Anblick des verstörten Mannes, was allerdings noch eine
Steigerung erfuhr, als sie dessen Gesicht etwas genauer betrachtete. Ihre Augen weiteten sich vor Entsetzen und nur

mühsam konnte sie einen Aufschrei unterdrücken, denn dort, wo sich normalerweise das rechte Auge befinden sollte, war nur eine rötliche, verschmierte Masse zu erkennen. Als der Schamane, da sie seiner Hand keinerlei Beachtung schenkte, weiter den Weg in Richtung Stadt lief und sich nach kurzer Zeit außer Sichtweite befand, holte Susanne ihr Handy aus der Handtasche und rief mit, bedingt durch Bilder des verstümmelten Gesichtes im Kopf und kalten Schauern, die über ihren Rücken liefen, leicht stammelnder Stimme einen Krankenwagen und danach die Polizei an.

„Hat sich sein Zustand etwas gebessert, sodass wir ihn vernehmen können?", fragte der Polizist den Krankenhausarzt. „Leider nicht, der Mann hat bewusstseinserweiternde Drogen zu sich genommen, LSD oder etwas ähnliches. Er redet nur wirres Zeug von irgendwelchen Vögeln, Verwandlungen, dass ein böser Geist seinen Freund Bernd holte und von einem Bussard, der aber eigentlich ein Dämon sei und ihm das Auge heraushackte! Wenn sie mich fragen, der hat zu viel genommen, es kann lange dauern, bis man sich wieder normal mit ihm unterhalten kann, vielleicht nie mehr!" „Bernd Staufer! Das ist der Freund von Susanne Mischke, die uns und einen Krankenwagen angerufen hat! Sie konnte uns aber auch nichts erzählen, nur dass sie heute mit ihrem Freund verabredet war und ihn nicht zu Hause antraf! Seitdem suchen wir ihn. Auf einer Kuhwiese fanden wir Spuren der beiden, auch ihre Kleidungsstücke, aber nicht das Auge des Indianers und dieser Staufer ist auch nicht auffindbar, obwohl wir eine große Suchaktion starteten!"

Einige Tage später wanderte eine traurige Frau durch das Naturschutzgebiet. Ihre schönen grünen Augen hatte sie mit einer dicken, schwarzen Sonnenbrille verdeckt, damit niemand die dunklen Schatten unter ihren Sehorganen auffielen. Sieben Tage waren jetzt mittlerweile vergangen, seit ihr ungefähr an dieser Stelle der große Mann entgegengerannt kam! Eine Zeit voller Tränen, Leid, Hoffnung, Schlaflosigkeit und keinen Lebenszeichen von Bernd. Nur zerrissene Teile seiner Kleidungsstücke fanden sie auf der Kuhkoppel. Bernd, Bernd, Bernd! In den letzten Tagen dachte sie fast nur noch an ihn. Erinnerungen kamen in ihr auf. Nächte, in denen sie kaum Schlaf fanden, stundenlange Diskussionen über seinen Drogenausstieg, Ausflüge an das Meer und die vielen Spaziergänge bei Sonnenuntergang. Erst jetzt nahm Susanne wahr, wie sehr sie diesen Mann eigentlich liebte! Liebte? Warum nur war sie eigentlich so davon überzeugt, dass er noch lebte? Alle Indizien deuteten laut der Polizei auf ein Gewaltverbrechen hin! Die Beamten vermuteten, dass der Indianer und Bernd während des Drogenrausches in Streit gerieten. Vielleicht hatte der Medizinmann homosexuelle Neigungen und wollte … Dieser wehrte sich dagegen, wobei er im Kampf das rechte Auge seines Gegners ausstach und der tötete ihn darauf im Zorn, lautete die sehr fragwürdige These des ermittelnden Bcamten. Susanne hegte aber starke Zweifel an dieser Erklärung. Sie kannte den Schamanen durch Bernds Bekannten flüchtig und es kam ihr nicht so vor, dass er schwul war, im Gegenteil! Nein, es musste eine andere Lösung geben, aber solange er nicht von dem Trip runter kam, konnte man nur spekulieren. Was hatte er gefaselt? Irgendetwas von einem Vogel und einer Verwandlung?

Während sich Susanne versuchte, an die Erzählungen des Beamten zu erinnern, hörte sie plötzlich ein Kreischen, das von einer nahen Kuhwiese zu kommen schien! Als die junge Frau aufsah, erblickte sie einen Greifvogel, der sich im Stacheldraht des Ackerzaunes verfangen hatte und vor Schmerzen laut aufschrie. Mitleid kam in der Frau, die seit ihrer Kindheit eine Tierfreundin war, auf. Schnell lief sie zu der Wiese und zog vorsichtig den Draht aus der Brust des Bussards, konnte dabei aber nicht verhindern, dass der Vogel sie in dem Unterarm hackte! „Egal, das verheilt schon wieder ", dachte sich Susanne und sah dem Bussard beim Davonfliegen zu.

Bei der Befreiungsaktion hatte sie nicht bemerkt, dass einige Blutstropfen des Bussards auf ihrem Arm gelangt waren und sich jetzt mit dem der offenen Wunde vermischten!

Variationen des Wahnsinns

Mit seinen 50 Jahren hatte er schon sehr viel erlebt, sodass ihn kaum noch etwas schockieren konnte, obwohl diese kranke Stadt immer neue Abartigkeiten, teils in mutierter, manchmal auch in modifizierter Form hervorbrachte. Sie war wie ein riesiger Sumpf, aus dem man sich schlecht befreien konnte und irgendwie gefangen fühlte! Hier wohnten einfach zu viele vom Leben gefickte Problemfälle.

Die meisten von ihnen stammten aus total zerrütteten Familienverhältnissen, wo Alkohol, Drogen und Gewalt auf der Tagesordnung standen. Aber bei dem sehr speziellen Stadtteil kam noch erschwerend hinzu, dass sich die psychisch angeschlagenen, vom Schicksal gezeichneten Menschen mit dem Spießertum „vermischten". Was hatte er in den fünfzehn Jahren seines Siechtums hier nicht schon alles erlebt und was für merkwürdige Leute kennengelernt. Ja, er lebte in einem Getto der Geisteskranken!

Außer den gewalttätigen, alkoholisierten und oftmals Drogen konsumierenden Menschen gab es aber auch noch ganz andere Fälle: Miese Intriganten und Tratschtanten oder Onkel, deren Sinn des Lebens (wenn man ihr jämmerliches Dasein überhaupt so bezeichnen konnte), in der Verbreitung von Lügen und Leute gegeneinander aufzuhetzen bestand. Der Grund war bei den meisten klar ersichtlich: Sie versuchten von ihren Fehlern abzulenken oder sie hatten einen (teilweise schon kranken, sadistischen) Spaß daran, Menschen psychisch leiden zu sehen. Und dann gab es noch einige Personen, denen man in die Augen sah und feststellte, dass sie den Wahnsinn beherbergten!

Er selber war zeit seines Lebens immer ein Außenseiter, Freak und Einzelgänger gewesen und geblieben, denn er konnte mit der abgestumpften, zum größten Teil gefühlskalten, Gesellschaft nichts anfangen. Schon vor Jahren überkam ihm die Einsicht, einen großen Fehler begangen zu haben, aus dem miesen Kaff nicht fortgezogen zu sein, als er noch die Kraft, Energie, Arbeit und finanzielle Mittel dafür besaß. Mittlerweile war seine einst so stabile Psyche stark angeschlagen, ähnlich dem Zustand des Boxers, der neun Runden eingesteckt hatte und nur noch auf den „Lucky Punch" hoffte! Die langjährige Arbeitslosigkeit und seine Schulden ließen nicht zu, dass er etwas sparen konnte. Und selbst wenn es ihm gelingen sollte, diesem Umfeld zu entfliehen, wie ging es danach weiter? Viele seiner Probleme würden trotz Ortswechsel bestehen bleiben. Allerdings, so musste er zugegeben, gab es in größeren Städten viel mehr Möglichkeiten. In trüben Gedanken versunken, saß er auf einer Bank und starrte auf das Meer und die vorbeifahrenden Schiffe. Wie groß, wie weit es ihm erschien. Das Geräusch der Wellen, die gegen den Uferrand schlugen, wirkte sehr beruhigend auf ihn. Ja, die See war einer der wenigen Vorteile dieser verruchten Stadt. Hier konnte er sich wenigstens etwas entspannen und die massiven Probleme verdrängen, aber leider nur für kurze Zeit, denn irgendwann musste er ja wieder zurück zu seinem „netten" Umfeld! Plötzlich schoss ihm ein äußerst verrückter Gedanke durch den Kopf! „Was wäre, wenn er" …?! Aber nein, die Idee erschien doch absolut absurd! Nein, nicht absurd, sondern total irre! Versonnen lächelnd ließ er seinen Gedankengang freien Lauf. Ja, warum sollte es eigentlich nicht funktionieren? Mit einem wahnwitzig entrückten Lächeln im Gesicht blickte er auf das Wasser und fing an zu lachen.

Schon seit etlichen Jahren interessierte er sich für Okkultismus und schwarzer Magie. Etliche alte Bücher und Schriften hatte er gelesen, ja geradezu verschlungen, und jenes uralte Werk, das er letzten Monat von einem alten Mann auf dem Flohmarkt erstanden hatte, faszinierte ihn absolut. Was, wenn es sich bei dem Inhalt nun um keine wirre Fantasterei, sondern Realität handelte? Der Autor war ihm völlig unbekannt, auch im Internet fand er nur äußerst spärliche Informationen über ihn. In den zwei, drei kurzen Artikeln und Erwähnungen bezeichnete man den Mann als wahnsinnig und drogensüchtig, aber warum sollten seine alten Schriften nicht dennoch auf Tatsachen beruhen? Die Anleitungen in dem Buch hatte der Schreiber laut dem Vorwort alle chiffriert, doch er war jetzt fest davon überzeugt, die Entschlüsselung gefunden zu haben, ja eigentlich erschien es ganz einfach, zu einfach, und das machte ihn stutzig.

Da kam ihm ein neuer Gedanke: „Eine Absicherung in Form von Versuchskaninchen erschien ratsam. Aber wen konnte er für die delikate Unternehmung gewinnen? Besser noch, wenn sich gleich mehrere Personen zur Verfügung stellten, denn es war durchaus nicht unwahrscheinlich, dass ihm das, (sollte man es Experiment nennen?), beim ersten Mal misslingen würde. Außerdem gab es noch ein zweites, schwerwiegenderes Problem. Er musste einen geeigneten, geschützten Ort hier am Meer finden, abgeschottet von neugierigen Blicken und zudem groß genug, um die Gerätschaften aufzustellen. Und sollte es dann wirklich bei den Probanden gelingen, konnte er sich auch anschließen!"

In den nächsten Tagen sah man ihn stundenlang am Uferrand entlang streifen und seine wenigen Freunde fragten sich, was denn mit ihm los sei. Als er endlich den geeigneten Platz für die Unternehmung gefunden zu haben glaubte, beschaffte der selbst ernannte Wissenschaftler die erforderlichen Hilfsmittel und arbeitete stundenlang, manchmal bis weit nach Mitternacht, in seiner Werkstatt. Da sich diese im Keller befand, kam es natürlich wegen der lauten Geräusche zu erneuten Streitigkeiten mit den Nachbarn. Nach einigen Tagen war die Arbeit aber beendet und nun fehlten ihn nur noch geeignete Testpersonen. Wer kam dafür infrage? Als Hauptkriterien bei der Auswahl seiner Versuchskaninchen galten für ihn extreme Neugierde und Geldgier. Menschen mit zumindest einer der beiden Eigenschaften ließen sich am ehesten für die Teilnahme überzeugen. Außerdem mussten es Personen sein, bei denen er keine Skrupel empfand, wenn sie ...

Ja, wenn sie was? Wie sollte man das Ganze nennen? Transformation war die Bezeichnung, die dem Experiment am nächsten kam, denn ...

„Obwohl nie ein besonders gläubiger Mensch gewesen, überkamen ihm nun doch für einige Sekunden Gewissensbisse. Motivierte ihn nicht eigentlich nur die Befriedigung seiner Rachegelüste an den, ihm so verhassten, Einwohnern des Stadtteils oder seine Neugierde?" Und dann stellte sich natürlich die Hauptfrage: „Erschien das ganze Experiment nicht total irrsinnig? Warum nur war er von den Schriften des Buches so überzeugt? Bei seinen Recherchen hatte er nur vage Hinweise auf die Welt, Dimension, oder wie immer man es nennen wollte, gefunden! Was, wenn es sich alles nur als Fantastereien eines irrsinnigen oder drogenabhängigen Autors herausstellte?" Nein, er verdrängte den Gedanken, denn so viel Fantasie konnte kein Mensch besitzen. Der Verfasser der Schriften erklärte alles so explizit, so detailliert, dass seine kurzzeitigen Zweifel wieder verschwanden. Und nein, sein Motiv war nicht (oder zu mindestens nicht hauptsächlich) Rache, sondern Neugierde, zugleich auch Sehnsucht und ...: Hoffnung! Ja, wenn er ehrlich darüber nachdachte, motivierte ihn der Wunsch, dass sie ihn vielleicht in ihrer Welt aufnehmen würden. Sicherlich gaben sie ihm nicht eine vor Freude überschäumende Empfangsgala, aber er hoffte zumindest auf die Gewährung des Bleiberechtes. Vielleicht übertrugen sie ihm auch Aufgaben, deren Erfüllung seinem trüben Leben endlich wieder einen Sinn gaben! Denn wenn er den Schriften Glauben schenken konnte, waren die dortigen Technologien mit denen der Menschen nicht vergleichbar! Das Volk erschien ihm wesentlich kultivierter, weiterentwickelter und (so vermutete er) wahrscheinlich auch viel toleranter als die Menschen!

Es gab allerdings etwas, das er nicht verstand. Woher wusste der Mann von der Existenz der Parallelwelt? Irgendwie musste er ja davon erfahren haben, vielleicht durch noch ältere mystische Literatur? Oder stammte der Autor nicht von dieser Welt und eines der Wesen hatte das Buch geschrieben? Eine weitere Erklärung, die in Betracht kam, wäre, dass der Verfasser des Werkes sich mit Dimensionssprüngen beschäftigt hatte und dabei auf diese wundervolle Welt gestoßen war.

Spekulationen, nichts weiter als Spekulationen! Bis zur Vollendung des Experiments konnte er nur Vermutungen aufstellen.

„Herr Borchart, mit meiner Erfindung kann ich mich selbstständig machen. Wenn ich sie patentieren lasse, werde ich ein Vermögen verdienen. Ich suche nur noch Personen, die sich für den Testversuch zur Verfügung stellen. Es ist völlig ungefährlich, glauben sie mir! Die alte Frau Müller aus der 23 macht auch mit!"

Bruno Borchart; ein zweiundsiebzigjähriger, rüstiger Rentner, sah ihn mit seinem kalten, stechenden Blick forschend an. Eigentlich war er ein äußerst misstrauischer, gleichzeitig aber auch sehr neugieriger Mensch. Er hatte sich in der Vergangenheit mehrmals über seinen Nachbarn beschwert, zweimal auch die Polizei angerufen, darum verstand er nicht, dass der ihn jetzt in sein Vorhaben einweihte. Aber was sollte ihm schon passieren? Er würde zur Vorsicht seine Gaspistole einstecken. Falls dann wirklich Unannehmlichkeiten drohten, wäre er bestens gerüstet. Also sagte er zu.

Kurz bevor er zu dem Treffpunkt am Meer ging, besuchte der Rentner die alte Frau Müller. „Herr Borchart, was wollen sie denn hier? Die Leute werden noch denken, dass wir ein Verhältnis miteinander haben", stichelte sie. „Ich bin gekommen, um sie abzuholen, sie wissen doch, heute findet das Experiment von unserem unliebsamen Nachbarn statt. Was hat er ihnen eigentlich darüber erzählt?" „Nun, nicht viel, nur das er mich finanziell beteiligen will, wenn es glücken sollte und etwas Geld kann ich bei meiner kärglichen Rente immer gebrauchen!" „Ja, ja, das ist derselbe Grund, warum ich auch daran teilnehme! Aber hat er ihnen erklärt oder zumindest Andeutungen darüber gemacht, was eigentlich das Ziel des Versuches ist?" „Nicht so richtig, er sagte nur irgendetwas vom Meer und besseren Sehen oder so ähnlich." „Hm, ja das ist in etwa dasselbe, was er mir auch erzählt hat", meinte Borchart mit gerunzelter Stirn. „Also ich bin ja sehr gespannt und neugierig darauf. Wenn das Experiment gelingt und ihr Nachbar damit Geld verdient, zieht er bestimmt weg und dann sind wir den ekligen Hippietypen, oder wie man die Sorte nennt, endlich los!" „Ja, mich würde auch freuen, wenn wir den Gammler endlich aus unserem anständigen Wohnviertel herausbekommen, aber ich bin etwas skeptisch, vielleicht will er sich nur an uns rächen? Dieser Platz am Meer ist sehr abgelegen und das kommt mir äußerst merkwürdig vor." „Ach, ich glaube, das sehen sie zu schwarz, Herr Borchart! Ich werde auf alle Fälle dort hingehen!" „Ja, ich auch", sagte der Rentner und gemeinsam machten sie sich auf den Weg.

Endlich war der Abend gekommen. Er hatte alle Gerätschaften aufgebaut und wartete auf seine „lieben" Nachbarn! Frau Müller erschien als erste und besah sich neugierig die Erfindung. „Wozu dient das Ganze? Wo haben sie das eingekauft, vor allem die komischen Schläuche? Ist das alles von ihnen alleine zusammengebaut worden?" „Das sind sehr viele Fragen auf einmal, Frau Müller! Allgemein kann ich sagen, dass eine Verbindung zwischen Mensch und Meer hergestellt werden soll, also mit dem Lebewesen im Meer, und das auf eine Art und Weise, die noch niemand ausprobiert hat. Ich habe viele wissenschaftliche Bücher gelesen und bin zu dem Schluss gekommen, dass die Menschheit bei der Erforschung des Meeres neue Wege gehen muss, und auf meinen ist noch keiner gekommen!"

„Interessant, interessant", sagte Herr Borchart, der kurz nach Frau Meier eintraf. „Aber können sie mir denn erklären, was genau das Experiment bezwecken soll?" „Das erläutere ich ihnen, Herr Borchart", sagte er und zog unbemerkt von den anderen eine Spritze aus seiner Manteltasche. „Hier werden sie Platz nehmen und an das Gerät angeschlossen, wenn ich dann auf den roten Knopf drücke, stellen wir eine Verbindung her." „Eine Verbindung? Womit und mit wem?", fragte der alte Mann. „Das braucht dich nicht weiter zu interessieren, alter Sack", sprach Karsten und injizierte dem Rentner ein Betäubungsmittel in den Oberarm. Borchart, dessen Blick ganz auf die Geräte fixiert war, blickte ihn erstaunt an und versuchte noch, seine Gaspistole aus der Jacke zu ziehen, sackte dann aber bewusstlos zusammen! „Nein, was soll denn das?", schrie Frau Müller auf, als sie von dem „Wissenschaftler" gepackt und mittels einer zweiten Spritze ruhiggestellt wurde.

„Hoffentlich hat keiner die Schreie der alten Schachtel gehört, denn wenn das Experiment unterbrochen wird, bevor ich die Verbindung hergestellt habe"... , dachte er, wobei kleine Sorgenfalten auf seiner Stirn sichtbar wurden. Vorsichtig sah er sich nach allen Richtungen um, konnte aber niemanden entdecken und so schleppte er die beiden bewusstlosen Körper auf die Sitze, schloss sie an und startete die Gerätschaften. Gespannt wartete der Erfinder nun auf die kommenden Ereignisse. Die Energie bezog er nur aus dem Meer, das auch in der fremden Dimension existierte, dort aber, laut den Schriften des Buches, in einer etwas anderen Form.

Plötzlich veränderte sich alles! Dicke Nebelschwaden zogen über das Meer, verhüllten es mit einem fast undurchsichtigen Schleier. Das gesamte Umfeld verschwamm, die Konturen lösten sich auf, zerflossen, neue entstanden und es vergingen mehrere Minuten (jedenfalls nach seinem Zeitgefühl, in der Realität waren es nur Sekunden), bis der Dunst verschwand und er die Umgebung wieder klarer erkennen konnte. Auch die Temperatur veränderte sich. Er fror, spürte aber gleichzeitig, wie ihm am ganzen Körper der Schweiß herunterlief, eine Folge seiner nun aufkommenden Angst.

Der Himmel verlor seine ursprüngliche Farbe und verdunkelte sich gänzlich, während die Meeresoberfläche jetzt keine einheitliche Kolorierung mehr besaß, sondern ständige Veränderungen durchlief. Mal waren es glänzende grünliche, in türkis übergehende, strudelförmige Muster, dann strahlten sie pink bis violett, gefolgt von rötlichen Farbtönen, die danach gelblich wurden. Schließlich verwandelten sich die Wirbel erneut in das glänzende Grün, ein ständig wiederkehrendes Schauspiel, das sich in rasender Geschwindigkeit vor seinen strapazierten Augen abspielte. Und dann hörte er die Klänge! Hohe und tiefe, ihm bis dahin unbekannte, Töne in Frequenzen, welche er vorher noch nie wahrgenommen hatte, drangen in die Ohren ein, euphorisierten, ließen ihn aber auch gleichzeitig vibrieren und erschauern!

Es kam ihm so vor, als ob er einen großen Drogencocktail eingenommen hatte. Nein, das war ein schlechter Vergleich, denn sämtliche Drogen, die es auf diesen Planeten gab, gleichzeitig konsumiert, wirkten geradezu lächerlich gegenüber dem, was er jetzt erlebte! Wie fremdgesteuert tauchte er seine Hand in das Meer und kostete einige Tropfen der bunten Flüssigkeit. Sie enthielt kein Salz wie das Wasser der Nordsee, auch keine Süße oder Säure, es war ein für ihn neuer, unbeschreiblicher Geschmack!

Fasziniert ließ er sich von den akustischen und visuellen Reizen und etlichen völlig verschieden und ihm bis dato unbekannten Düfte und Aromen in den Bann ziehen. Als ihn gerade ein neues Farbenspiel des Wassers gefangen nahm, schreckten den Konstrukteur entsetzliche Schreie, die von seinen beiden Probanden kamen, auf. Was ging da vor sich? Laut der Schriften (soweit er sie richtig entschlüsselt hatte), sollten sie Teil der hiesigen Gesellschaft werden. Aber was geschah jetzt mit ihnen? Es sah so aus, als ob eine unsichtbare Macht die Knochen verformte. Die Haut war schon nicht mehr vorhanden, dafür bekamen sie jetzt eine Art Schuppenüberzug. Ihre Arme, Beine, Hände und Füße hingegen blieben weitestgehend unverändert, lediglich die Muskeln waren stärker ausgeprägt. Kleine Kiemen entstanden nun neben ihren stark veränderten Mündern, aus denen sie weiterhin schreckliche Schmerzensschreie ausstießen. Diese verstummten erst, als die beiden in das Meer gezogen wurden.

Und dann erschienen sie! Riesige Gestalten mit durchsichtigen Körpern, an denen zwei Paar sehr bewegliche, Tentakeln ähnelnden, Arme baumelten. Am oberen Teil ihrer haarlosen, relativ kleinen Köpfe befanden sich Augen, die in einer Dreiecksformation angeordnet waren und, gleich einem Chamäleon, in sämtliche Richtungen drehten. Die Wesen sprachen nicht, denn sie besaßen keinen Mund oder ein anderweitiges Sprechorgan, aber sie drangen in sein Gehirn ein. Er konnte ihre Stimmen hören, im Geiste riesige Bauwerke sehen, die ihre Sklaven auf dem Meeresgrund erschaffen hatten und für die Erstellung weiterer Gebäude sie immer wieder neue Vasallen benötigten. Einige ihrer Zwangsarbeiter waren am Bau einer jetzt schon riesigen Mauer beteiligt, die wohl als Schutz diente. Jetzt konnte er auch sehen gegen was, denn einer der Vasallen rutschte von der Spitze der Mauer ab und sofort schnellte ein fischartiges Wesen aus dem Wasser und er verschwand in Sekundenschnelle im riesigen Maul des Monsters. Solch einen Fisch hatte er noch nie gesehen! Der Kopf und vor allem die vielen spitzen Zähne erinnerten an einen (überdimensionalen) Piranha, während der massige Körper eher dem des Wales ähnelte.

„**E**s geschieht alles zum Wohle unserer wunderbaren Welt, alle sind glücklich und zufrieden, sie arbeiten gerne, denn das ist der Sinn ihres neuen Lebens", „sprachen" sie zu ihm. Doch er fühlte, dass ihre Worte so glaubhaft wie die Treueschwüre einer Nymphomanin waren! „Was seid ihr?

Götter?!", schrie er. „Weit mehr als das, denn euer Gott lässt euch das Leben selbst gestalten, bei uns gibt es keine Wahl, aber **dir** gewähren wir zwei Varianten, zwischen denen du dich entscheiden kannst!" „Und welche sind das?", stammelte er, mittlerweile vor Angst schweißgebadet. „Entweder die neue Existenz deiner ehemaligen Mitmenschen annehmen oder du dienst uns als Lieferant neuer, wie nennt ihr es bei euch? Arbeitskräfte!" Karsten dachte sekundenlang nach und traf dann seine unwiderrufliche Wahl!

Etwa drei Wochen später gab es im Polizeirevier eine Besprechung:

„**W**ie schätzt ihr den Typen ein? Der ist doch total wahnsinnig, oder?" „Aber von Physik hat er wohl Ahnung, denn seine komischen Apparate habe ich noch nie vorher gesehen." „Das mag sein, aber die Hauptfrage bleibt doch: Wo sind die ganzen Menschen geblieben? Es werden über zwanzig Personen vermisst, die Dunkelziffer ist unklar, und wir haben nur etwas Blut und einige Hautfetzen gefunden." „Das werden wir schon noch herausfinden, der Mann kommt jedenfalls in Untersuchungshaft und die Gerätschaften werden beschlagnahmt und untersucht." „Was hältst du von seiner Erzählung?" „Von den seltsamen Wesen, der anderen Dimension und diesem okkulten Buch, nach welchem er die Apparate gebaut hat?" „Das sind alles Phantastereien aus einen kranken Gehirn! Der ist total verrückt, glaube mir!"

Karsten saß in einer gepolsterten Zelle und hielt sich seinen Kopf! „Nein, nein!", schrie er. „Verschwindet aus meinem Gehirn! Ich kann euch nicht mehr dienen!" „Dann haben wir auch keine Verwendung mehr für dich", hörte er die Stimme ihres Anführers. „Gott sei Dank, dann kann ich endlich wieder mein normales Leben führen!" „Nicht leben, sondern sterben sollst du, denn du hast versagt", bekam er als Antwort. Plötzlich spürte Kasten einen immensen, sehr schmerzhaften, Druck in seinen Kopf. Nase, Mund, Ohren und Augen bluteten plötzlich stark und färbten den Zellenboden rot. Kurz danach schossen kleinere Teile seines Gehirns aus den Körperöffnungen und flogen an die Wand. Sekunden später, nachdem die ersten Knochen geplatzt waren, starb er!

„Das war also der Grund seines Wahnsinns. Die Ärzte haben (leider zu spät) festgestellt, dass in seinen Gefäßen und Knochen ein viel zu hoher Blutdruck war. Die Schädelknochen drückten auf Teile des Gehirns, wodurch er Wahnvorstellungen bekam." „Wenn man also seine Krankheit rechtzeitig erkannt hätte, wäre der ganze Irrsinn nicht passiert?" „Möglicherweise! Allerdings ging er nur sehr selten zum Arzt, außerdem konsumierte er gelegentlich Drogen. Wahrscheinlich vermutete er, dass der Druck davon kam. Ein sehr interessanter Fall, der in Zukunft wohl nicht mehr so oft vorkommen wird" ,meinte der Kripobeamte. „Da kannst du eine Wette drauf abschließen, erwiderte sein Kollege!"

Einige Tage nach diesem Gespräch:

„Was soll dieses alte Buch denn kosten?" Der alte Mann blickte dem potenziellen Kunden in die Augen und sah dann, dass der Sohn des Mannes in dem Buch blätterte. „Ihrem Kind würde ich das Werk aber nicht geben", sprach er.

„Dann sollten sie es aber auch nicht so frei auf ihrem Tisch herumliegen haben, andere Verkäufer hier auf dem Flohmarkt achten darauf, dass die Jugendschutzbestimmungen eingehalten werden", schnauzte der Mann den Greis an. „Für 50 Euro würde ich ihnen das alte Band überlassen. Es ist weit über 200 Jahre alt." „50 Euro? Das ist doch nicht mehr gut erhalten! Ich kenne mich mit solchen Büchern aus! Also in dem Zustand gebe ich ihnen höchstens 30 Euro dafür!" „Na gut, meinetwegen", knurrte der Alte. Nachdem der Mann den vereinbarten Preis bezahlt hatte, überreichte der Alte ihm das Buch mit den Worten: „Viel Spaß damit!" und blickte dem neuen Besitzer lange nach, wobei sich sein Mund zu einem merkwürdigen Lächeln verzog, während aus seinen Augen der Wahnsinn blitzte.

Der Schrank

Wann es genau begonnen hatte, wusste er nicht mehr. Vielleicht an dem Abend, als ihn nachts ein Knarren aus dem Schlaf riss. Da kurz zuvor gerade ein ziemlich furchterregender Albtraum sein Gehirn gequält hatte, schrieb er ihm das Geräusch zu. Doch in den nächsten Nächten steigerte sich der Lärmpegel. Fast jeden Abend ertönte nun der Krach, wobei das anfängliche Knarren sich jetzt eher wie ein Ruckeln anhörte, so als ob jemand in der Nachbarschaft Möbel schieben würde oder vielleicht ein Bett durch gewisse Aktivitäten Auslöser sein könnte. Lauschend presste er den Kopf an die Wand, konte aber bei seinem Nachbarn nichts hören. „Ob ich mir das alles nur einbilde?", fragte Haucke sich.

Meistens ertönten die Geräusche, wenn er schlief, und weckten ihn auf, wodurch er nicht erkannte, ob sie nur Bestandteile eines Traumes oder Realität waren. Meistens! Nur letzte Nacht nicht, da erklang der Lärm schon kurz bevor der Schlaf ihn übermannte, wodurch er sich kerzengerade im Bett aufrichtete. „Also doch kein Traum", dachte er und lauschte angestrengt in seinem dunklen Schlafzimmer, um zu lokalisieren, woher das Rumpeln, (man konnte es jetzt fast schon als Gepolter bezeichnen, denn die Lautstärke nahm im Vergleich zur Anfangszeit jedes Mal zu) kam, wobei er auch das Fenster öffnete, denn möglicherweise befand sich der Initiator ja draußen. Doch urplötzlich verstummte der Krach, es erweckte bei ihm fast den Eindruck, als ob der

Verursacher bemerkte, dass Haucke versuchte, den Ausgangspunkt des Geräusches ausfindig zu machen.

Und dann fiel es ihm zum ersten Mal auf. Sein Blick war ungläubig. Verwundert rieb er sich die Augen und starrte auf den alten, riesigen, schweren, massiven Wohnzimmerschrank, den er aus der Erbmasse seines Onkels Harald, ebenso wie dessen Eigentumswohnung, die er jetzt bewohnte, gezogen hatte. Das Möbelstück befand sich nun ein kleines Stück weiter von der Wand entfernt als gestern. Aber wie oder wodurch kam die Verschiebung zustande? Er hatte ihn nicht bewegt und in den letzten Tagen auch keinen Besuch empfangen. Man benötigte mindestens zwei sehr kräftige Menschen, um den Schrank zu verschieben, und er vermutete, dass der hölzerne Koloss auch schon zu Lebzeiten seines Onkels nicht oder nur sehr selten abgerückt worden war. Er versuchte durch den Spalt hinter den Schrank zu blicken, konnte aber nichts erkennen. Otto, sein Dackelmischling, schnupperte jetzt aufgeregt an dem Möbelstück und kläffte. „Merkwürdige Sache", dachte Haucke. „Aber vielleicht bin ich letzte Nacht, als ich mir ein Mineralwasser aus der Küche holte, gegen den Schrank gekommen und" ... Doch nein, dieser Gedanke war äußerst unsinnig! Selbst wenn jemand mit voller Wucht gegen den Schrank **gefallen** wäre, so hätte sich dieser keinen Millimeter bewegt. Er fand einfach keine Erklärung!

In der nächsten Nacht nahm das Geräusch an Lautstärke zu. Schreiend und mit einem schweren Druck auf der Brust, der ihm das Atmen erschwerte, wachte er aus einem äußerst unheimlichen Traum auf, in dem ihm sein verstorbener Onkel eindringlich vor etwas warnte. Haucke verstand im Traum nicht genau, was der Verstorbene ihm vermitteln wollte, er sah nur, dass Harald ein Terrarium in der Hand hielt.

Diesmal verstummte der Lärm nicht, sondern erklang auch noch, nachdem Haucke erwacht war! Als er das Licht eingeschaltet hatte, glaubte der geplagte Mann seinen Augen nicht zu trauen! Da ertönte die Wohnungstürklingel und eine wütende Stimme schrie: „Aufmachen, hören sie endlich mit dem Möbelrücken auf, sonst rufe ich die Polizei an!" Er vernahm zwar die Schreie seines Nachbarn, doch stand weiter regungslos im Zimmer und starrte auf den Schrank, der sich jetzt fast zehn Zentimeter von der Wand entfernt hatte. Otto lief zum Möbelstück, schnupperte und heulte plötzlich laut auf. In Sorge um seinen Hund lief der von Lärm und Albträumen geplagte Mann zu dem Schrank, aber das massive Möbelstück kam ihm plötzlich einen Zentimeter entgegen, was Haucke zunächst einen Schritt zurückwichen ließ. Doch nach kurzen Zögern eilte er dann zu seinem geliebten Vierbeiner. Entsetzt sah er mit an, was „**Es**" mit Otto, der jetzt jämmerlich wimmerte und kurz danach ganz verstummte, anrichtete. Dann schrie der Mann laut auf, stolperte und fiel auf dem Boden. „Was ist bei Ihnen los? Wenn Sie nicht sofort öffnen, rufe ich die Polizei an!", schrie Herr Schrader, der Hauckes einziger Nachbar war, und lauschte an der Tür. Das plötzliche Ertönen von lauten Schmerzensschreien veranlasste ihn, panisch in seine Wohnung zurückzulaufen und nun wirklich Polizei zu alarmieren.

Einige Stunden später: „So etwas habe ich noch nie gesehen!", sagte einer der Polizeibeamten, nachdem man die

Wohnung durch massiven Einsatz einiger städtischer Kammerjäger gesäubert hatte. „Der vorherige Besitzer rückte den Schrank wohl nie ab und so vermehrten sich die Viecher dort ungestört," antwortete sein Kollege. „Das meine ich gar nicht, sondern das dieses Ungeziefer sich zu einer Art Decke oder Netz verband und so ein massives Möbelstück bewegte und natürlich was sie dem Mann und seinen Hund angetan haben." „Ja, ein schrecklicher Anblick, mich schauert es immer noch". „Der Hund war nur noch eine einzige blutige Masse und sein Herrchen ist an mehreren Körperpartien völlig entstellt." Mit Schrecken dachte er zurück an den Anblick des großen gewobenen Netzes, in denen sich unzählige verschiedene spinnenartige Tiere miteinander verbunden hatten. Spinnen, Milben, Zecken und genau in der Mitte dieser Arachnidawand sass ein Skorpion. Es schien so, als ob er der Leiter, das Gehirn, dieses Schreckensheeres gewesen war. Ein gigantisches, lebendes, gewebtes Kunstwerk, das sich auf die Suche nach Nahrung begeben hatte. „Dieser Skorpion gehörte übrigens mit ziemlicher Sicherheit dem vorherigen Bewohner, der ein Onkel des jungen Mannes war." „Woher weißt du das?" „Ach, ich kann mich noch gut daran erinnern, denn der Mann starb durch etliche Skorpionstiche. Er hatte in einem Forschungslabor gearbeitet, wo sie sich mit den telepathischen Fähigkeiten von einigen Tieren, unter anderem auch Skorpionen beschäftigen und von denen stahl er einige, was ihm zum Verhängnis wurde." „Na, nun sind ja alle tot.", meinte sein Kollege.

Doch der Beamte irrte sich, denn in dem alten Schrank, der sich jetzt im Besitz eines Antiquitätenhändlers befand, stellte gerade jemand ein neues Heer zusammen.

Kriege willenloser Heere

Stille, absolute Ruhe, höchstens mal durch gelegentliches Räuspern gestört. Wieder stand eine Schlacht bevor, ein Kampf mit ungewissem Ausgang, in den sie nur Vasallen darstellten, zwar mit einigen, sehr unterschiedlichen, Fähigkeiten ausgestattet, aber doch nur Marionetten, willenlose Werkzeuge in einem Duell zweier Individuen.

Jedes der beiden Heere stand unter der totalen Kontrolle eines einzelnen Menschen. Das Ziel war bei allen Schlachten identisch, nämlich die Hinrichtung des gegnerischen Monarchen. Nur die Mittel und Wege in den unzähligen Kämpfen unterschieden sich fallweise. Es gab langfristig angelegte Strategien, auf Eroberungen von Gebieten oder einzelnen, strategisch immens wichtigen, Punkten bedacht. Ein andermal wurde mit offenem Visier gekämpft, die sofortige Ermordung des rivalisierenden Regenten, der, im Grunde genommen, aber gar nicht regierte, anstrebend. In manchen Kriegen zielte man wiederum zunächst auf die Dezimierung der gegnerischen Armee ab, um dann leichteres Spiel bei der späteren Exekution des Patriarchen zu haben.

In vielen Kämpfen konnte aber keiner der beiden Seiten einen gravierenden Vorteil erzielen, was dann häufig zu Friedensschlüssen führte.

Neben Raum und Materie war die Zeit ein weiterer wichtiger Faktor in den Kriegen. Eine möglichst schnelle Mobilisierung der kleinen Heere, (von denen Teile erst nach gründlicher Vorbereitung und Räumung von Barrieren in den Kampf eingriffen, sich ins Schlachtgetümmel stürzen konnten),war erstrebenswert, um dadurch die Initiative in der Schlacht zu übernehmen.

Einen bedeutsamen, zuweilen von einigen unterschätzten, Punkt stellte die Psychologie dar, denn es erwies sich oftmals als Vorteil, wenn man über den Lenker der gegnerischen Armee Informationen besaß und dementsprechende Vorbereitungen treffen konnte. Sie bezogen sich nicht nur auf die Strategie und Taktik, sondern häufig auch auf dessen Charaktereigenschaften.

Die Vorhut der Heere, welche gleichzeitig auch die Hälfte des gesamten Regiments ausmachte, war körperlich am kleinsten und mit nur sehr begrenzten Anlagen. Ihnen oblag es Punkte zu erobern, einen der anderen zu eliminieren, was dann auch meistens kurz danach ihr eigenes Ende darstellte, oder sich aufzuopfern, um wichtige Linien zu öffnen, manchmal auch um einen Zeitgewinn für die restliche Armee herauszuholen. Konnte allerdings einer von ihnen sämtliche Reihen durchbrechen und in das feindliche Lager eindringen, so trat eine Verwandlung ein und der einst niedere Soldat nahm nun die Gestalt und auch alle Fähigkeiten eines Offiziers ein, meistens den des ranghöchsten! Die Offiziere besaßen nicht die Option ihre Gestalt zu verändern oder in der Hierarchie aufzusteigen, waren aber im Vergleich zur Vorhut mit wesentlich mehr Macht ausgestattet. Einige von ihnen, die Ritter, konnten Haken schlagen, ähnlich denen eines Hasen auf der Flucht, oder eines wendigen Pferdes, andere, die sogenannten Bischöfe zogen in diagonalen Linien über das Feld. Der Mächtigste unter ihnen war die Königin! Wenn sie aktiv in den Kampf eingriff, gerieten die Abwehrkräfte der Gegenseite in hoher Alarmbereitschaft, denn sie vereinte in sich die Macht der Bischöfe mit denen der Rooks, die sowohl waage- als auch senkrecht auf offenen Linien und Reihen in den Kampf zogen. Rooks, die zweithöchsten Offiziere, bildeten oftmals, zusammen mit Teilen der Vorhut, den verbliebenen Rest des Heeres am Ende einer Schlacht.

In diesem Krieg tobte jetzt eine offene Feldschlacht, beide Heere stürmten direkt auf den gegnerischen König zu. Noch erschien der Ausgang völlig unklar, jeder falsche Schachzug konnte das Ende der Partie bedeuten.

Doch letztendlich endete das Spiel mit Remis durch Dauerschach, denn keine der beiden Parteien gelang es, seinen Angriff erfolgreich durchzuführen. Es war wieder einer der vielen Kämpfe, in denen per Handshake das Unentschieden besiegelt wurde.

Die Figuren legte man zurück in den Kasten, wo sie ausharrten, bis der nächste Feldzug begann, die furchtlosen „Krieger" erneut in die Schlacht ziehen mussten!

*Anmerkungen: Die Springer haben im englischen die Bezeichnung Knights(Ritter), Rooks = Türme, Bishop =Läufer-

Die Zerstörungswut eines gescheiterten „Herrschers"!

Ihm war bewusst, dass er alles zerstören konnte! Zwei oder drei Aktionen genügten schon und diese „Welt" versank im Chaos. Ah, das erweckte in ihm ein Gefühl der (er suchte nach dem richtigen Wort) Erhabenheit. Ja, eigentlich glich er einem Gott, zumindest von der Macht her! Und im Gegensatz zum Herrn nutze er sie.

Destruktionen verschafften ihm eine Befriedigung, die sein Dasein sonst nicht bot. Der Erbauer des „Reiches" würde nach Beendigung seiner Tat sicherlich in tiefer Trauer fallen. Die Vorstellung dessen verstärkte die Motivation für seine Zerstörungswut, die jetzt langsam einsetzte, noch. Schöne und sicherlich auch mühsam errichtete Gebäude zerfielen durch seine Fußtritte, ein genussvoll ausgeführtes Vergnügen. Das stellte seine Rache für die unerträglichen Qualen, denen er täglich ausgesetzt war und die ihm arge Kopfschmerzen bereiteten, dar. Warum nur hatte er sich überhaupt auf dieses Leben eingelassen? Wäre es nicht besser gewesen ...?

Ihr Schreien drang in sein Ohr und bereitete ihm Kopfschmerzen. Ein, zwei letzte Fußtritte vollendeten die Zerstörung! Mit entrücken Blick und einem leicht irren Lächeln blickte er auf die Reste der so kunstvoll kreierten Gebäude und Straßen und es überkam ihn ein (fast euphorisches) Gefühl der Zufriedenheit.

Die Schreie von ihr wurden lauter, war etwa schon wieder die Zeit gekommen? Gleichgültig ignorierte er sie, denn der Genuss seiner destruktiven Handlung stillte seinen Hunger.

„Jürgen, hier bist du also, hast du mein Rufen nicht gehört? Das Mittagessen wird kalt! Ich habe keine Lust jedes Mal ...!" Sie blickte auf die Sandkiste und Zornesröte stieg in ihr Gesicht. „Du hast schon wieder die Sandburgen des Kleinen zertrampelt! Zerstören, das ist alles, was du kannst! Der Lütte wird weinen, wenn er das sieht, nicht nur, dass er einen absoluten Nichtsnutz als Vater hat, nein, ...!"

Jürgen ignorierte ihr Gekreische und besah sich lieber die Auswirkung seiner Tat, welche wie ein Akt der Befreiung auf ihn wirkte und dann lachte er und lachte und lachte!!

Hermann, komm her man!

Der Wald, schon wieder der Wald! Erneut Dämmerlicht und quälende Furcht, eine starke Phobie, die immensen Druck auf seine Brust ausübte. Und trotzdem zwang ihn etwas, tief in seinem Inneren, weiterzugehen. Er durchlebte das Szenario nun schon zum dritten Mal. Der alte Mann versuchte sich an die beiden anderen zu erinnern, doch der unheimliche dunkle Forst und dessen Geräuschkulisse nahmen seine Aufmerksamkeit voll in Anspruch. Er spürte, dass er beobachtet wurde, man jeden seiner Schritte aufmerksam observierte.

Plötzlich sah er sie: Riesige Bäume mit weit aufgerissenen Mäulern und Augen, deren stechender Blick das Grauen in seiner Seele noch verstärkte. Aber der Kulminationspunkt des Schreckens war noch lange nicht erreicht! Große hölzerne, muskulöse Armpaare zwängten sich berstend aus den voluminösen Stämmen. An ihnen befanden sich scharfe Krallen von mindestens fünfzig Zentimeter Länge, ähnlich denen des ungepflegten Jungen aus einer alten Kinderbuchgeschichte. Doch damit nicht genug, bewegten sich die Bäume plötzlich, schossen aus dem aufreißenden Boden. Als der Alte nach unten blickte, konnte er an jedem Gehölz zwei riesige Wurzeln von der Form eines Fußes erkennen. Und dann stapften sie auf ihm zu! Panik stieg in ihm auf und zudem die Unfähigkeit, einen klaren Gedanken zu fassen.

Da erklangen zwei verzerrte helle Stimmen, die: „Hermann, komm her man!" riefen, während aus den Mündern der herannahenden Baummonster ein hämisches Gelächter erschallte. Bevor sich die hölzernen Dämonen weiter nähern konnten, lief der alte Mann in Richtung der Stimmen, hin zu dem grellen Licht, dort, wo sich die beiden Menschen befinden mussten, hoffend auf Hilfe und Zuflucht. Der Weg endete an einer Kreuzung. Dort stand eine riesige Pappel, an deren Fuße sich ein dicker Holzklotz, Teil einer gefällten Fichte, befand. Jemand hatte die benachbarten Bäume mit einigen bunten Lampen dekoriert, um die Pappel und speziell den Gegenstand, der an ihr herunterhing, zu beleuchten. Das so äußerst kreativ präsentierte Objekt war ein straff geknüpfter Strick, der durch den jetzt stärker aufkommenden Wind hin und her flatterte, was den Eindruck erweckte, dieses Seil würde nervös darauf warten, dass der Mensch, für dem es bestimmt war, endlich eintreffen möge. Da begriff der betagte Mann: Man hatte ihn zu seinem Schafott gelockt!

Die Rufe verstummten nun und aus dem Wald traten zwei Gestalten hervor. Sie waren in weite Gewänder gehüllt, die ihn an mittelalterliche Henker erinnerten. Kapuzenmasken verdeckten die Gesichter der beiden. Der Alte stellte aber fest, dass in der weißen Kostümierung eine Frau steckte, während es sich bei dem in schwarzer Bekleidung auftretenden Scharfrichter um einen Mann handelte. Der Auftritt des Pärchens wirkte extrem theatralisch und sehr kunstvoll inszeniert.

Die beiden deuteten mit ihren Zeigefingern auf den Strick und stimmten nun einen neuen, hellen Singsang an: „Zappel, zappel, Hermann zappel, an dieser schönen, großen Pappel!" Und dann begannen sie zu lachen! Ein bösartiges, schadenfrohes Lachen! Der Mann blickte hinter sich: Dort standen die Baummonster, zurück laufen konnte er also nicht. Es blieb nur die rechte Seite des Waldes übrig, die linke und den Weg nach vorne versperrten seine beiden mutmaßlichen Henker! Blitzschnell fing er an zu rennen, ohne sich nach hinten umzusehen! Sein Herz raste und die Lunge hatte große Mühe mit der Atmung. Doch plötzlich stand er vor einem tiefen Abgrund. Hier war das ultimative Ende gekommen. Als der alte Mann sich umdrehte, bemerkte er eine maskierte Frau, die ein langes Jagdmesser in der rechten Hand hielt. Die Klinge der Waffe blitzte durch den darauf fallenden Mondschein hell auf, als sie auf ihn zuging und mit befehlendem Tonfall flüsterte: „Spring! Los, spring!" „Nein, nein!", schrie er.

Schweißgebadet richtete sich Hermann in seinem Bett auf. „Schon wieder so ein Albtraum?", fragte ihn Inga. „Ja, es war furchtbar", stöhnte er. „Möchten Sie mit mir darüber reden?" Der Alte blickte in das freundliche, vertrauensvolle Gesicht der Krankenpflegerin, die eine gut aussehende junge Frau mit schönen, langen kastanienbraunen Haaren war, und entschloss sich ihr dem Traum zu erzählen. Inga hörte aufmerksam zu, schüttelte sich während des Traumberichtes einige Male schauernd und sagte dann: „Unheimlich und beängstigend. Jetzt verstehe ich, warum Sie so laut aufgeschrien haben. Vielleicht sollten wir zusätzlich einen Psychiater einschalten, denn es kann ja sein, dass tief verborgene Ängste in dem Traum" ...

„Nein, bloß keinen Seelenklempner! Ich glaube nicht an diesen Quatsch, für meine Krankheit und die Träume muss es eine ganz natürliche Erklärung geben. Ist mein Sohn eigentlich schon wach?" „Ich werde nachsehen und ihm ausrichten, dass Sie ihn sprechen möchten", erwiderte die Pflegerin und verließ das Zimmer.

Im Flur traf Inga die Schwester ihres Patienten. „Wie geht es meinem Bruder heute?", fragte Agnes mit argwöhnischem Blick. „Herr Altenberg ist gerade aufgewacht und möchte seinen Sohn sprechen." „Das ist keine Antwort auf meine Frage." „Nun, ich weiß es nicht, bin schließlich keine Ärztin, aber er hatte schon wieder einen dieser Träume!" „So, so! Ich werde mal mit ihm reden, bevor (sie stockte kurz während des Satzes) sein lieber Sohn ihn konsultiert." Inga blickte in das versteinerte Gesicht der anderen und zwang sich, eine Bemerkung zu unterdrücken.

„**G**uten Morgen, Agnes! Ist Oliver noch nicht aufgestanden?", begrüßte Hermann seine Schwester. „Die Krankenpflegerin fragt gerade nach, ob dein Sohn sich bereit erklärt, dir gnädigerweise einige Minuten seiner kostbaren Zeit zu opfern." „Du hast ihn nie gemocht, das lässt du mich jedes Mal spüren, wenn ich nur seinen Namen erwähne." „Er ist ein Schmarotzer, ein Nichtsnutz, der es auf dein Geld abgesehen hat. Seine Mutter war zu Lebzeiten ähnlicher Meinung, aber du wolltest ja nie auf sie hören."

Hermann dachte zurück an seine viel zu früh verstorbene Frau und einige kleine Tränen rannen aus seinen Augen. „Und Monika? Hast du sie erreicht?" „Deine Tochter kommt am Wochenende, früher kann sie leider nicht wegen ihrer Arbeit. Sie versucht sich einige Tage Urlaub zu nehmen, was aber bei ihrem Chef nicht so leicht ist." Der alte Mann nickte. „Ach, wenn sich die Ärzte doch endlich sicher wären, unter was für einer Krankheit ich leide, und dann diese Träume ...!" „Die Pflegerin erzählte mir vorhin, dass du schon wieder so einen Albtraum hattest? „Ja, der war absolut grauenhaft, diesmal noch viel schrecklicher als die Vorherigen, von denen ich dir erzählte." Hermann schilderte seiner Schwester die Handlung, wobei Agnes sich während der Erzählung mehrmals schüttelte. „Ich habe die Vermutung, das es Warnträume sind oder irgendeine Vorahnung, mich beschleicht ein ganz ungutes Gefühl!", sagte der Alte anschließend." „Warnträume könnten es schon sein, Warnungen vor deinem missratenen Sohn! Wo ist übrigens seine Frau?" „Er reiste alleine an, warum Anna nicht mitkam, weiß ich nicht." „Wird sich wahrscheinlich mit ihm gestritten haben, würde mich jedenfalls nicht wundern, denn der läuft ja jeden Weiberrock nach." „Rede nicht immer so schlecht von Oliver, er ist geblieben, als ich krank geworden bin." „Na und? Das beeindruckt mich nicht sonderlich, hat ja auch sonst nichts zu tun. Es geht ihm dabei sowieso nicht um deine Gesundheit, im Gegenteil!" „Was willst du damit sagen?" „Nun, ich glaube, dass Oliver es nur" ... Agnes brach ab, da sie einen Schatten bemerkt hatte. „Sprich ruhig weiter, meine liebe Tante! Mir ist schon seit Längerem klar, dass du mich hasst!" Hermanns Schwester drehte sich um und starrte wütend in das Gesicht ihres Neffen, bereit für eine giftige Erwiderung. Für Sekunden lag ein heftiger Streit in der Luft. Doch letztendlich siegte Vernunft über Zorn und es gelang Agnes die, schon auf ihren Lippen liegenden, Beleidigungen und Beschimpfungen herunterzuschlucken. Sie atmete einmal tief ein und verließ dann schnellen Schrittes das Zimmer!

„Ja, ja, die lieben Verwandten! Wie geht es dir heute Vater?" „Schon wieder dieser Albtraum, diesmal noch wesentlich intensiver und unheimlicher!" „Kein Wunder, wenn du dich so oft mit den alten Drachen unterhältst, würde ich auch Albträume bekommen!" „Mach keine Witze und rede nicht so schlecht von deiner Tante. Außerdem ist Agnes dreizehn Jahre jünger als ich." „Das sieht man ihr aber gar nicht an" antwortete sein Sohn lachend und sagte dann: „Entschuldige, aber du weißt ja, das beruht alles auf Gegenseitigkeit. Hat sich dein körperliches Befinden wenigstens verbessert?" „Nein, leider immer noch alles wie vorher und dazu jetzt seit drei Tagen die Albträume! Vielleicht sollte ich doch den Rat der Krankenschwester annehmen und einen Psychiater hinzuziehen. Agnes sagte gerade, dass Monika morgen Abend vorbeikommen will. Sie bleibt dann über das Wochenende hier." „Das freut mich, ich habe meine Schwester lange nicht mehr gesehen." „Übrigens, was ist mit dir und Anna? Habe da etwas von einer Krise gehört." „Ach, ich möchte darüber jetzt nicht reden, Vater. Außerdem wartet das Frühstück auf mich, ich werde später noch mal bei dir vorbeischauen." „Sage der Haushälterin, dass sie mein Frühstück jetzt auch servieren soll." „Werde ich tun, bis später", versprach Oliver und verließ mit nachdenklichem Gesicht das Zimmer seines Vaters.

Einige Stunden später begannen in der Villa des Herrn Altenberg zwei Menschen ihren Plan zu überarbeiten. „Das ist unsere Chance, seine Träume spielen uns in die Karten." „Ja, ich bin der gleichen Meinung, zumal die ursprüngliche

Idee sehr gefährlich ist, denn wenn der Arzt Verdacht schöpft ... Das Gift ist zwar extrem selten, aber" ... „Mein neuer Plan sieht so aus: In der Nähe, etwa 15 Kilometer von hier entfernt, gibt es einen Wald, der dem Traumforst des Alten entspricht, wir sind als Kinder zusammen mit meiner Mutter dort öfter gewesen. Unser Vater hatte früher eine starke Phobie gegen dunkle Wälder, das besserte sich erst im Laufe der Jahre. Auch ein kleiner Berghang befindet sich dort, zwar nicht so tief wie der in seinem Traum, aber diesen sehr ähnlich." „Willst du ihn da runterstürzen? Aufhängen wäre doch einfacher und es dann anschließend als Suizid darzustellen." „Wir halten uns beide Möglichkeiten offen. Unsere Kostümierungen habe ich schon besorgt, gleichen genau denen des Traumes. Hast du das Gift bei (er stockte kurz) Hermann abgesetzt?" „Ja, es wird ihm im Laufe des Tages etwas besser gehen. Abends verabreiche ich ihm dann ein leichtes Schlafmittel." „Aber was geschieht mit meiner lieben Tante Agnes?" „Sie wird sich den Schlaf des Hausdrachens hingeben, bekommt allerdings eine größere Dosis in ihren Tee, damit sie die Nacht über durchschläft." „Sehr gut! Also bis heute Nacht um 2:00 Uhr!" „Ich bin bereit", sagte sie und verschwand nach einem innigen Kuss durch die Seitentür.

„So, so, da werde ich mir doch meinen eigenen Plan schmieden", dachte sich die Person, welche an der Zimmertür gestanden und so den größten Teil des Gespräches belauscht hatte.

Irgendwie fühlte Hermann sich heute Abend wesentlich wohler, dafür aber auch ungewöhnlich müde. Er wünschte sich, das er endlich einmal …! Herr Altenberg konnte den Gedanken nicht mehr weiterspinnen, da ihm der Schlaf überkam.

Als er erwachte, sah der alte Mann sich verwundert um. Das war nicht sein Krankenzimmer! Er befand sich im Freien, deshalb fühlte er auch die unangenehme Kälte und Gänsehaut. Nach einigen Sekunden ungläubigen Kopfschüttelns registrierte Hermann, dass er auf einen Waldweg lag. Der Forst um ihn herum entsprach genau den in seinem Träumen, nur diesmal handelte es sich um Realität. Ängstlich starrte er die riesigen Bäume an und schalt sich kurze Zeit später einen Narren. Bäume konnten sich nicht verwandeln, nur in der Fantasie oder im Traum. Aber wie war er hier hergekommen?

Da erklangen plötzlich die Stimmen, völlig gleich denen des Traumes! Sie riefen: „Hermann, komm her, man! Hermann, komm her, man!" Wohin sollte er sich wenden? Der Singsang kam, exakt wie in seinem Traum aus der Richtung des vor ihm liegenden Weges. Dort konnte er auch mehrere grelle Lichter erkennen, zwei von ihnen sahen aus wie die Scheinwerfer eines Autos. Links von ihm befand sich dichter, dunkler, kaum einsehbarer Wald, rechts war es etwas lichter, aber dort konnte sich der Abgrund befinden, wenn dieser Forst dem seines Traumes entsprach. Am logischsten erschien es für ihn, zurückzulaufen. Doch als er sich umdrehte, sah er in einiger Entfernung ein Auto, aus dem eine maskierte Frau, vom Aussehen gleich der seines letzten Schlaferlebnisses, stieg. Auch das große Jagdmesser in ihrer rechten Hand war dem des Traumes verdammt ähnlich. Neu war hingegen die Taschenlampe, deren heller Lichtschein jetzt sein Gesicht traf. Sekunden danach kam sie auf ihn zugelaufen. Panisch rannte er in die linke Waldhälfte, doch nach wenigen Meter versperrten ihm etliche, vermutlich durch den letzten Sturm, große umgestürzte Bäume den Weg. Ohne lange nachzudenken, drehte er um und lief nun doch in das rechte Waldgebiet, in der Hoffnung, das dort, im Gegensatz zu der Traumhandlung, kein Abgrund seine Flucht beenden möge. Aus dem Augenwinkel sah er, dass die Maskenfrau ihm folgte. Das Herz des alten Mannes raste, die Beine wurden schwer, doch zwang er sich weiterzulaufen. Einmal stolperte er über einen abgebrochenen Ast, konnte sich aber gerade noch im Gleichgewicht halten. Doch seine jetzt schon unerträgliche Angst stieg noch weiter an, als etwa zwanzig Meter vor ihm die Schlucht sichtbar wurde. Besorgt blickte er zurück und erkannte anhand des Lichtscheins der Taschenlampe, dass seine Verfolgerin noch knapp einhundert Meter entfernt war. Kurz entschlossen legte sich der Alte sich auf den Waldboden zwischen einigen kleinen, umgeknickten Fichten, darauf hoffend, dass die Frau es nicht bemerkt hatte, denn von hier gab es kein Entkommen. Die einzige, sehr gefährliche, Alternative wäre, zu dem Weg zurückzulaufen, dort wo sich wahrscheinlich der Galgen und die Henker befanden. Sein Puls hatte eine bedenkliche Höhe erreicht, und der Schweiß rann in Strömen an seinem Körper hinunter. Er roch den Gestank seiner Körperausdünstungen, die Fäule von vermodertem Holz und verspürte gleichzeitig ein unangenehmes Drücken in der Magengegend. „So muss sich ein Tier auf der Flucht fühlen", dachte er. Vielleicht hatte er Glück und die Maskierte nahm an, dass er den Berghang heruntergefallen war. Vielleicht ...!

Die Frau fluchte leise vor sich hin, denn sie verlor kurzzeitig die Balance, genau an derselben Stelle, die dem Alten auch fast zum Verhängnis geworden wäre. Als sie sich wieder aufrichtete und angespannt in das Dickicht des Waldes blickte, stellte die Menschenjägerin fest, dass Hermann sich nicht mehr in Sichtweite befand. Sie leuchte mit ihrer Taschenlampe die Umgebung ab, konnte den Alten aber nirgends entdecken. „Hermann! Hermann, komm her, man! Es gibt kein Entkommen für dich! Galgen, Messer oder Abgrund, auf alle Fälle wird dein Körper wund", sang sie mit einem irren Lächeln im Gesicht. „Reimt sich, wenn auch nicht gerade hohe Lyrik", dachte die Messerfrau. Wo aber steckte er nur? Ob der Alte etwa abgestürzt war? Aber dann hätte sie doch einen Schrei gehört. Mittlerweile am Hang angekommen, leuchtete sie mit ihrer Taschenlampe den Minicanyon ab. Lag dort unten nicht ein menschlicher Körper? Nein, beim zweiten Hinsehen erkannte sie, dass es nur ein kleiner umgestürzter Baum war. Nachdem die Messerfrau den gesamten Grund des winzigen Gebirges inklusive des Hanges sorgfältig kontrolliert hatte, kam sie zu dem Schluss, dass der alte Mann bedauerlicherweise wohl doch nicht in die Tiefe gefallen war. „Noch nicht", dachte sie. Aber wo konnte sich der Greis verkrochen haben? Eigentlich blieben nur die Bäume als Möglichkeit, denn hinter einigen der breiten, mächtigen Stämme konnte sich ein dürrer Mensch mühelos verstecken. Grinsend blickte sie nach hinten und lachte. Ein böses, diabolisches Lachen, dass auch weniger ängstlichen Naturen ins Mark gegangen wäre.

Hermann hatte kurzzeitig die Hoffnung gehegt, dass seine Jägerin vermuten würde, er wäre den Canyon (nein als ein Canyon konnte man das nicht bezeichnen, wenn er an die Naturberichte aus den Staaten dachte) hinuntergefallen, doch begrub er sie wieder, als ein teuflisches Lachen und danach ihre Stimme in seine Ohren drang.

„So, so, du willst also mit mir verstecken spielen? Bist du dafür nicht schon etwas zu alt, Hermann? Aber in Ordnung, ich spiele mit. Eins, zwei, drei, ich komme", rief sie kichernd.

Das lange Messer blitzte im hellen Mondlicht auf und dem alten Mann wurde jetzt bewusst, dass einige Akteure aus seiner Albtraumvorlage ein schreckliches, grauenhaftes Drama mit bisher noch äußerst ungewissen Ausgang inszenierten, in dem ihm die tragische Hauptrolle zugedacht war.

Von dem Waldweg ertönten Schritte und Stimmen, was ihn veranlasste, den Blick kurzzeitig von seiner Peinigerin abzuwenden. Oh nein! Jetzt betraten die beiden Henker auch noch den Wald! Zwei mehr, die nach seinen Leben trachteten. Er kauerte sich zwischen den toten Bäumen, die zum Glück von allen Seiten schlecht einsehbar waren, denn viele abgebrochene Äste und einige wild wuchernde Ranken und Sträucher gaben ihm guten Sichtschutz, während er von hier aus seine Feinde gut beobachten konnte. Aber wer verbarg sich hinter den Masken? Zwei Frauen und ein Mann, ob die Drei zusammengehörten? Er bezweifelte es. Das Motiv für die Ermordung war natürlich sein riesiges Vermögen, einen anderen Grund konnte er sich nicht vorstellen. Große Trau-

rigkeit stieg in dem Alten auf, als ihm bewusst wurde, wer der Mann mit der Kapuze war, aber die beiden Frauen ...?
Sie hatte Hermann noch immer nicht gefunden, dafür aber die beiden Kontrahenten, denen sie in der nächtlichen Autofahrt hierher gefolgt war, gesehen. Der alte Mann entkam ihr schon nicht, da konnte sie sich zunächst den unliebsamen Pärchen widmen, bevor die beiden sie entdeckten.

„Hast du das gesehen?" „Was, den Alten?" „Nein, dort hinten, wo sich die Schlucht befindet, stand eine maskierte Gestalt. Sie war genauso kostümiert wie wir." „Wer soll sich denn hier nachts herumtreiben und dazu noch in unserer Aufmachung? Ich glaube, du fantasierst", antwortete der Mann im schwarzen Henkerskostüm. „Vielleicht die Person aus dem Auto, das uns folgte." „Ach, das ist doch Unsinn, denn der Wagen bog nicht in den Waldweg ab, sondern fuhr die Hauptstraße weiter." „Aber es gibt doch bestimmt weitere Waldwege und außerdem sah ich noch ein zweites Auto, als " ... „Aber wo ist denn unser Kontrahent abgeblieben, wenn er überhaupt existiert?", unterbrach er ihren Redefluss. „Kontrahent? Wohl eher eine Kontrahentin", antwortet seine Komplizin. „Du weißt doch, wen der Alte noch von dem Traum erzählte." „Ja, aber sagtest du nicht, dass du ihr eine schöne Dosis Schlafmittel in den Tcc mengen wolltest?" „Das tat ich auch, aber sie trank ihn anscheinend nicht, vielleicht belauschte sie ja unser Gespräch. Wir müssen jetzt sehr vorsichtig sein, wenn deine Tante dieselbe Idee hat, wird sie uns auch beseitigen wollen", mahnte die Frau ihren Begleiter. „Ja, ja", murrte der Mann unwirsch. „Viel wichtiger ist, dass wir den Alten finden. Ob er die Schlucht hinabgestürzt ist?, fragte seine Komplizin" „Das glaube ich nicht, dann hätten wir mit Sicherheit einen Schrei gehört, außerdem weiß er von dem Abhang. Ich denke eher, dass er sich irgendwo im Wald versteckt hat, es gibt hier viele umgestürzte Bäume und Sträucher, da" ... Er brach den Satz ab, weil er meinte, ein Geräusch gehört zu haben. „Zum Glück habe ich die Knarre des Alten eingesteckt, sagte er, falls es wirklich" ... Seine Augen weiteten sich, als er das gurgelnde Geräusch aus dem Munde seiner Partnerin vernahm. „Inga, was um alles" ... Bevor seine Geliebte auf dem moosigen Waldboden fiel, konnte er noch erkennen, dass aus ihrem Hals Blut herausfloss, die Folge eines sauberen Schnittes durch die Kehle.

„Ich befürchte, sie kann dir nicht mehr antworten", sagte die Mörderin seiner Freundin. In ihrer rechten Hand hielt sie das nun blutverschmierte Jagdmesser. „Wer ... bist du?", kam es stockend aus Olivers Mund, während seine rechte Hand nach der Pistole tastete. „Suchst du die hier?", ertönte plötzlich eine Frauenstimme hinter ihm. Als Oliver sich umdrehte, sah er eine maskierte, komplett in schwarz gekleidete Frau, die eine Pistole in ihrer Hand hielt, welche der seines Vaters sehr ähnlich sah. „Noch jemand, der sich den Traum des Alten zunutze machen will?", fragte die Frau mit dem Messer. „Ja, und es scheint mir, dass ich das beste Argument in meiner Hand halte, währenddessen der kleine Oliver hier" ... Sie stockte kurz, tat so, als müsse sie überlegen, um dann den Mann in dem Kopf zu schießen, der sogleich wie ein Mehlsack zu Boden fiel.

„So, jetzt bleibt nur noch zu klären, wer sich hinter unseren Masken verbirgt", sagte die schwarz gekleidete. „Nun, das kannst du dir doch eigentlich denken. Mein Chef gab mir überraschenderweise Urlaub, und als ich heute Nachmittag vor der Haustür des Alten stand, hörte ich durch ein offenes Zimmerfenster, wie mein Bruder und seine Geliebte ihren Plan besprachen. Da habe ich mir meinen eigenen geschmiedet", erklärte die Messerfrau. „Ja, die beiden Turteltauben waren ganz schön unvorsichtig, denn auch ich belauschte ihr Gespräch", sagte Olivers Mörderin, wobei sie nervös mit der Pistole herumhantierte. „Du kannst dich meiner zwar erledigen, aber wäre es nicht klüger, wenn wir uns gemeinsam auf die Suche nach dem Alten begeben, denn der Wald ist dunkel und vier Augen sehen mehr?!", schlug Olivers Schwester vor. „Na gut, ich werde den Wunsch einer armen Frau, die durch tragische Weise ihren Bruder verlor, nachkommen. Eigentlich würde dir die schwarze Maskierung besser passen." „Mach keine Witze, Tante. Lass uns lieber den Alten erledigen („Und danach rechnen wir ab", dachte Monika)." „Ja, leuchte du die linke Seite ab, ich übernehme die rechte, wenn du ihn gefunden hast, treibe ihn auf die Schlucht zu, es muss wie ein bedauerlicher Unfall aussehen. Um die Überreste dieses süßen Pärchens kümmern wir uns später („Und am Ende werde ich mich dann um dich kümmern", dachte Agnes)." Die Messerfrau stimmte zu und so zogen die beiden, jede mit einer Taschenlampe den Wald abstrahlend, los, aufmerksam auf jede Bewegung achtend.

Hermann kauerte in seinem Gebüsch und hatte nur Teile des Geschehens mitbekommen. Als der Schuss ertönte, konnte der alte Mann seine Neugierde nicht mehr unterdrücken. Vorsichtig richtete er sich auf, um dann kniend durch das Gestrüpp zu sehen, was dort vor sich ging. Merkwürdig, jetzt war noch eine schwarz gekleidete Person mit einer Pistole aufgetaucht, sie unterhielt sich mit der Messerfrau. Wo die anderen waren, konnte er nicht erkennen. Doch dann sah Hermann den Mann vor den Füßen der „Schwarzen" auf dem Boden liegen, und Schock, Trauer und Entsetzen überkamen ihn. Mühsam zwang er sich, seine Emotionen zu unterdrücken, was absolut lebensnotwendig war, da sich die Frau mit dem Jagdmesser näherte. Jede falsche Bewegung, das leiseste Geräusch, konnte das Ende seines Daseins bedeuten. Und er wollte leben. Alleine schon deswegen, weil er es den beiden nicht vergönnte, in dem Genuss des Vermögens zu kommen. Anhand ihrer Stimme erkannte er nach einigem Nachdenken die Frau mit dem Messer, was bei ihm Verwunderung hervorrief, und die Andere ... Ja, es konnte eigentlich nur ...

Er brach die Gedankengänge ab, da seine Konzentration sich jetzt vollständig auf die Frau richten musste. Es trennten sie nur noch wenige Meter von seinem Versteck, als ein Ruf ihrer Komplizin sie veranlasste, sich umzudrehen. „Komm her, hier liegt etwas, sieht aus wie" ... „Hermann?", fragte die andere. „Ich weiß nicht, warum zum Teufel habe ich mir keine Ersatzbatterien für die Taschenlampe mitgenommen?"

Als die andere bei ihrer mutmaßlichen Komplizin ankam, winkte diese ab. „Es ist nur ein totes Reh, hatte ich hier im Dunkeln nicht sofort erkannt, bei meiner Taschenlampe gehen die Batterien langsam zu Neige." „Blöde Kuh, wir müssen uns schleunigst des Alten erledigen, in etwa einer Stunde setzt die Morgendämmerung ein. Wer weiß, ob sich hier nicht bald Forstarbeiter herumtreiben, ich habe an den Wegen einige Stapel mit zersägten Baumstämmen gesehen. Den Holzklotz für das Schafott haben Oliver und seine Geliebte sich bestimmt von da geholt." „Du hast recht. Warum haben die beiden ihn eigentlich nicht gleich aufgeknüpft?" „Sie legten ihn auf dem Weg, wollten wahrscheinlich die Handlung des Traumes nachspielen, ihn noch ein bisschen Angst einjagen, das ist typisch für meinen Bruder, der hatte schon immer eine leicht sadistische Neigung. Lass uns jetzt aber überlegen, was wir an Hermanns Stelle getan hätten. Zum Weg kann er nicht gelaufen sein, das hätten wir mitbekommen. Er muss also noch hier in diesem Waldstück sein, hat sich wahrscheinlich irgendwo versteckt." „Aber wo?", fragte Agnes. Dort hinten ist viel Windbruch, das ist ideal für ihn. Als du mich vorhin gerufen hast, ging ich gerade auf einige umgestürzte Bäume zu, da könnte er untergekrochen sein. Gut, wir werden dort beide suchen, wenn er zu fliehen versucht, ist die Pistole nützlicher als dein Jagdmesser. Irgendwie eine lustige Vorstellung, dass der Alte durch seine eigene Waffe stirbt. Ja, wäre er nur großzügiger zu uns gewesen, dann würde ihm das hier erspart bleiben.

Hermann sah wie sich die beiden Frauen berieten, wobei die mit dem Jagdmesser zu seinem Versteck deutete. Sollte sie etwa eine Bewegung von ihm bemerkt haben? Die Killer schritten jetzt genau auf das Versteck zu und innerhalb der nächsten Minuten würden sie ihn entdecken. Was sollte er nur tun? Der Abgrund, vielleicht konnte er ... Aber das schien ein äußerst waghalsiger Gedanke zu sein, da die schwarz gekleidete Frau im Besitz einer Pistole war und sicherlich auch nicht zögern würde sie einzusetzen. Schweiß ströme aus allen Poren seines Körpers, dazu kalte Schauer auf seiner Haut und eine innerliche Todesangst, die ihm lähmte. Aber er musste sie besiegen und agieren, wenn er überleben wollte! Noch waren die Killer gut 50 Meter entfernt, die Entfernung bis zum Abgrund schätzte der Alte etwa gleich ein, dort war ein größerer Felsbrocken, den er als Ziel anvisierte, danach müsste man weitersehen. Vorsichtig kroch er aus seinem Versteck heraus, immer mit einem Auge auf seine beiden Todesengel gerichtet.

Die Frauen achteten zwar genau auf dem Windbruch, aber in beiden Köpfen beschäftigten sich die Gehirne zugleich damit, wie man sich später der „Partnerin" erledigen könnte. Da brach plötzlich jemand oder etwas aus dem Windbruch heraus und lief Richtung Abgrund. Agnes benötige einen Augenblick, um zu reagieren, da einige Bäume ihr die Sicht versperrten, dann feuerte sie aber drei Schüsse ab und Hermann fiel, kurz bevor er den Canyon erreichte, auf den Boden und blieb dort bewegungslos liegen. „Sieht so aus, als ob du ihn erwischt hast, Tante." „Ja, aber sicher bin ich mir nicht. Komm, wir sehen nach, ob mein lieber Bruder noch lebt!" Die beiden näherten sich dem Körper und während Agnes sich über dem alten Mann beugte, um festzustellen, ob er noch atmete, spürte sie plötzlich einen Stoß in ihrem Rücken, gepaart mit einem Messerstich. Schreiend flog Hermanns Schwester den Abhang hinab, allerdings gelang es ihr, als Abschiedsgruß noch zwei Schüsse aus der Pistole abzufeuern, von denen einer Monika in die Brust traf, worauf sie ihrer „geliebten" Tante nachfolgte und ebenso wie Agnes am felsigen Grund der Schlucht aufschlug.

Kurz nachdem die Schüsse und Schreie verklungen waren, stand Hermann, der sich klugerweise tot gestellt hatte, vorsichtig auf und sah den Abhang hinunter, wo er die beiden leblosen Frauenkörper erblickte. Wie unsinnig das ganze Drama gewesen war. Er hatte vor einem Jahr testamentarisch festgelegt, das alles (wenn man von den Pflichtteilen absah) Anna erben sollte, da er weder seinen Sohn noch deren Schwester, zutraute mit dem riesigen Vermögen umzugehen. Und dass Agnes zeit ihres Lebens auf ihn neidisch gewesen war, wusste er auch schon seit etlichen Jahren. Erschöpft setzte sich der alte Mann am Rande der Schlucht hin und betrachtete den beginnenden Sonnenaufgang. Das leuchtende Morgenrot erhellte den Himmel, vermischte sich mit vereinzelnden, kleinen, lang gezogenen Wolken, und ein neuer Tag löste die schreckliche Nacht ab. Froh so etwas Schönes doch noch erleben zu können, genoss der alte Mann sichtlich erleichtert das Naturschauspiel.

Die potenzielle Erbin Anna hingegen befand sich unter einer dicken Zementschicht im Fundament des von ihren Gatten neu gebauten Wintergartens.

Das Ende des Befreiers

(Fortsetzung von: „Die Befreiung" aus Depressionen, WM-Fieber und andere Krankheiten und „Die Befreiung des Befreiers" aus Gefangene, Befreier und ein blutiger Platz)

Drei Tage war er nun schon auf der Flucht. Eine Zeit, in der sich Franks Gedanken nur um Vera drehten. Aber sowohl am Morgen als auch in der Nacht bewachten sie ihr Gefängnis so gut, dass er sich nicht traute, einen erneuten Befreiungsversuch zu unternehmen. Wenigstens hatte er das Problem der Unterkunft zufriedenstellend gelöst. Zwar war es etwas kalt dort, denn in dem Raum befand sich nur ein alter Ofen, aber dafür verursachte die Gartenlaube seiner Eltern keine Kosten. Dass ihn hier jemand fand, glaubte er nicht. Zu dieser Jahreszeit (Ende November) hielten sich nur sehr wenige Menschen in der Gartenkolonie auf. Seine blonden Haare hatte er schwarz gefärbt, was ihm die Hoffnung verlieh, nicht so schnell auf der Straße erkannt zu werden. Das Hauptproblem blieb allerdings Geld für seine Verpflegung aufzutreiben. Arbeiten wollte und konnte er nicht, denn erstens hatte er Angst erkannt zu werden und der zweite, viel schwerwiegendere Grund war, dass sich in seinem Gehirn alles nur um Vera drehte. Nein, genauer gesagt um ihre Befreiung! Aber auch die vergangenen Ereignisse beschäftigten ihn immer noch. Was hatten sie zu ihm gesagt? Veras Vater war tot und für diesen Tod gaben sie ihm, Frank Stendal, die Verantwortung! Das schien doch nichts anderes als eine weitere Verschwörung gegen ihn und seine Geliebte zu sein.

Im Kühlschrank fand er einige Flaschen Bier und Mineralwasser, wohl übrig gebliebene Reste von den Grillfesten seiner Eltern. Viel war das nicht, aber für die ersten Tage würde es ausreichen. In einer anderen, merkwürdigerweise unverschlossenen, Gartenlaube entdeckte er im Gefrierfach des Kühlschranks eine Packung Würstchen, die er sich nun auf dem Grill seiner Eltern zubereitete. Den Besuch bei Vera hatte Frank schon hinter sich und dabei festgestellt, dass es große Schwierigkeiten geben würde, seine Geliebte aus dem dunklen Kerker zu befreien. Man hatte ihn zwar nicht erkannt, aber an das Verlies kam er nicht heran, da sich dort zu viel Menschen in der Nähe aufhielten. Auch nachts hatte er dort etliche Polizisten gesehen, die den Friedhof („**Friedhof**! Welch ein Name für ein Gefängnis mit Tausenden von dunklen Kerkern!") bewachten.

Leise flüsternde Stimmen von anderen Gefangenen, teils weiblich, andere männlich, darunter auch Kinder, waren bei dem Besuch in seinem Kopf eingedrungen und beschäftigten ihn. Plötzlich kam ihm ein Gedanke! Ja, wenn er Unterstützung hätte, vereinfachte sich die Rettung! Gemeinsam mit den anderen könnte er dann seine Angebetete aus ihrem Verlies befreien.

Die meisten Gefängnisse, Verliese oder wie man es bezeichnen sollte, bewachten sie zwar nicht sonderlich gut, einige auch überhaupt nicht, dafür gab es aber das Problem, dass sie in der Nähe von Wohnsiedlungen lagen. „Welch perverse, provozierende Verhöhnung das ist", dachte Frank. Da hatten sie mitten unter der Bevölkerung Kerker errichtet, und die Familienangehörigen und Freunde der Eingesperrten wohnten in unmittelbarer Nähe. Was für kranke, sadistische, Menschen, die so etwas planten und veranlassten. Nun ja, er würde jetzt einige von ihnen befreien, und wenn die Gefangenen sich dann erholt hatten, konnte er zunächst Veras Ausbruch und danach den der anderen gequälten Seelen aus ihren dunklen, feuchten Löchern, in denen man sie gefangen hielt, organisieren. Ja, dann hätte er endlich das Lebensziel gefunden, wonach er schon so lange gesucht hatte. Doch auch für die Befreiung der anderen Gefangenen brauchte er Hilfe. Eine Idee, wer ihm dabei zur Seite stehen könnte, hatte er schon. Aber derjenige würde das bestimmt nicht freiwillig tun, deswegen sah sich Frank in der Gartenlaube nach einem Gegenstand um, mit dem er seinen mutmaßlichen Gehilfen überzeugen konnte!

Kommissar Reschnik beschäftigte sich mit dem Frauenmörder, sodass er ihn nicht um Rat fragen konnte, was er sehr gerne getan hätte. Drei Tage fahndeten sie jetzt nach Stendal. Ein älteres Pärchen hatte ihn auf dem Friedhof gesehen, worauf hin er veranlasste, diesen 24 Stunden am Tag zu überwachen. Doch Frank war nicht mehr aufgetaucht. Was hatte er vor? Der behandelnde Arzt mutmaßte, dass der Flüchtige höchstwahrscheinlich einen weiteren Versuch unternehmen würde, die Leiche seiner Freundin auszugraben, aber warum erschien er nicht? Vermutlich hatte er die Beamten gesehen und das Vorhaben aufgegeben. Irgendwo musste er sich verkrochen haben und das schien ein ziemlich gutes Versteck zu sein.

Frank verstaute das notwendige Werkzeug und steckte ein langes Messer, das er vorher noch etwas geschliffen hatte in seine Manteltasche. Kurz nach Mitternacht begab er sich an dem Platz nahe dem Markt, wo einige Taxifahrer auf Kunden warteten. Er stieg in das erste Taxi, indem sich ein gelangweilter Mann mittleren Alters hinter dem Steuer befand. Wohin soll es denn gehen? Frank nannte ihm den Namen eines kleineren Friedhofes, der sich einige Kilometer südlich vom Taxistand befand.

„Zum Friedhof? Das ist aber eine ungewöhnliche Tageszeit (hoffentlich ist das nicht so ein nekrophiler Leichenschänder, dachte der Taxifahrer) für einen Besuch", sagte er, mit Blick auf die Tasche gerichtet. „Ich arbeite dort und muss noch einiges vorbereiten, denn morgen ist hier viel los!" „Viel los?" Der Taxifahrer lachte laut auf! „Lachen Sie nicht, haben Sie denn überhaupt keinen Respekt vor den Gefangenen?" „Gefangenen??" „Ja, es sind arme Seelen, die ..." „Schon gut, schon gut! Man, seien Sie doch nicht so empfindlich", beschwichtigte ihn der Fahrer, dabei hoffend, dass sie schnell den Zielort erreichen würden, da ihm der große Mann nicht geheuer vorkam. Kurz bevor er in die Straße bog, in welcher sich der Friedhof befand, fragte der Taxifahrer Frank, wo er denn genau anhalten sollte. „Hier vorne ist gleich der Eingang", antwortet der und griff in seine Jackentasche. „Das macht dann 13,60 Euro", sagte der Chauffeur und spürte plötzlich ein Messer an seiner Kehle. „Hände weg vom Funkgerät und aussteigen." „Mach kein Scheiß, wenn du Geld willst: Meine Brieftasche ist ...!" „Ruhe, und mitkommen." Mitkommen, wohin?" „Ruhe, habe ich gesagt!" Der Taxifahrer spürte, wie die Klinge etwas in sein Fleisch eindrang, wodurch einige Tropfen seines Blutes am Hals herunterliefen, und beschloss zu schweigen. Frank entdeckte eine Pistole im Handschuhfach und nahm sie an sich. „Pass bloß auf damit, das ist keine Gas- oder Schreckschusspistole." „Um so besser", sagte der Befreier, hielt sie dem anderen an den Kopf und forderte ihn auf weiterzugehen. Kurz nach Betreten des Friedhofes warf Frank seine Tasche auf den Boden. „Los! Fang an!" Der Driver starrte fragend in das Gesicht seines Gegenüber, doch nachdem er sah, was sich in der großen Tasche befand, wusste er, worauf das Ganze hinauslief.

Zwar löste die Aktion in den Medien und bei der Polizei etwas Aufsehen aus, da die Bevölkerung der Stadt sich aber wegen eines Frauenmörders in Aufregung befand, nahm sie von der Nachricht über den Friedhof keine allzu große Notiz.

Nur der Polizeibeamte, der mit der Fahndung nach Frank Stendal beauftragt war, machte sich Gedanken. Gerne hätte er seinen Kollegen Reschnik um Rat gefragt, aber dies war leider unmöglich, also musste er selber seine kleinen grauen Zellen strapazieren. Was hatte die Sache auf dem Friedhof zu bedeuten? Drei Gräber waren aufgebrochen und die Leichen entwendet. Er war sich sicher, dass es mit dem Irren zu tun hatte. Was um alles in der Welt ging in diesem Mann vor? Aber das war nicht das einzige Problem, gleichzeitig war ein Taxifahrer verschwunden und ein Kollege konnte sich an dessen letzten Fahrgast erinnern. Der Mann entsprach von der Beschreibung her seinem Gesuchten, nur die Haarfarbe stimmte nicht überein. Aber wo befand er sich jetzt? Er musste einen Unterschlupf gefunden haben, an den sie bisher noch nicht gedacht hatten.

Der Taxifahrer zwang sich zur Ruhe. „Ich muss auf eine günstige Gelegenheit warten und vor allem die Fesseln irgendwie loswerden. Der Typ ist total wahnsinnig. Was hat er bloß vor?", dachte der Mann. Da fiel ihm ein, dass doch vor einigen Tagen dieser Irre entflohen war, der damals seine tote Freundin ausgegraben und dabei einen Friedhofswächter mit dem Spaten erschlagen hatte. Aber diese Toten hier sind alle männlich, was will er nur mit den Leichen anfangen?

„Eigentlich kannst du mir bei meiner Arbeit helfen", sagte Frank! „Die Leute müssen gepflegt werden, sind bestimmt müde und ermattet von ihrer langen Gefangenschaft in den dunklen Verliesen. Ich werde dir Seife und Wasser geben, dann kannst du sie waschen."

Der Taxifahrer schüttelte entsetzt mit dem Kopf. Schreien konnte er nicht, da Frank in geknebelt hatte.

„Ah, du weigerst dich? Na gut, dann bekommst du auch nichts zu essen. Man sollte dich auch in solch ein dunkles Verlies sperren, dann wüsstest du, wie die Leute sich fühlen! Aber was rede ich, Mitleid und Einfühlungsvermögen kann man heutzutage in dieser kalten, kranken Welt nicht mehr erwarten."

Der Gefangene zwang sich nicht zu den drei Toten, die Frank jetzt auf Gartenstühlen neben dem Ofen platzierte, hinzusehen, denn der Anblick der Leichen löste bei ihm Magenkrämpfe aus.

Einer der Männer schien wohl erst vor Kurzem beerdigt worden zu sein, er konnte sich erinnern, dass um dessen Grab viele Kränze und Blumen gelegen hatten. Diesen, ein etwa siebzigjähriger, grauhaariger Mann mittlerer Größe, konnte er noch ansehen, ohne dass ihm dabei übel wurde. Bei den anderen hatte der Verwesungsprozess schon stark eingesetzt, einer war fast skelettiert, bei dem Dritten kam er anhand des stark verunstalteten Körpers zu dem Schluss, dass es sich um ein Unfallopfer handeln musste. Der Irre versuchte jetzt eifrig das Gesicht dieses Toten zu waschen, wobei er irgendwelchen wirren Kram von Gefangenschaft und Verwahrlosung der Eingekerkerten faselte. Der Taxifahrer wandte entsetzt seinen Blick ab und sah sich stattdessen lieber die Gartenlaube näher an. Wenn es ihm gelänge, mit seinem Stuhl zu einem Werkzeug mit scharfen Kanten zu gelangen, dann könnte er vielleicht ...

„**W**ir haben noch einen möglichen Ort ausgemacht, wo der Gesuchte sich befinden könnte. Es ist eine Gartenlaube, die seine Eltern gepachtet haben. Die Kolonie befindet sich nicht weit entfernt von dem Platz, wo der Taxifahrer" ... „Das ist seine Unterkunft, trommeln Sie alle verfügbaren Beamten zusammen, wir fahren sofort dahin!" „Das werden leider nicht allzu viele sein, denn die meisten beteiligen sich an der Suche nach dem Frauenmörder." „Vier weitere Beamte würden mir schon genügen, das dürfte für diesen Frank ausreichen, obwohl man den Irren nicht unterschätzen sollte." „Vergessen Sie nicht, dass er vermutlich noch einen Gefangenen hat, den Taxifahrer." „Stimmt, wir müssen äußerst vorsichtig vorgehen!"

Frank entfernte gerade einen Wurm aus dem halb verwesten Gesicht eines der Toten, was bei seinem Gefangenen zum Würgen führte. Da er nicht wollte, dass der Mann erstickte, ließ er von der Körperpflege des Befreiten ab, um dem Knebel vom Taxifahrer zu entfernen. Just in dem Moment, wo er den alten Lappen entfernte, kam auch schon ein riesiger Schwall aus dem Mund des Mannes.

„Eine große Hilfe bist du mir ja nicht gerade", murrte Frank angeekelt. „Du verursachst ja noch mehr Arbeit! Sieh nur den ganzen Boden und auch Teile meines Pullovers hast du bekotzt. Zum Glück hat mein Vater hier ein paar Klamotten, aber du musst in deiner verdreckten Kleidung bleiben, du Schwein!" „Hören Sie: Ich weiß nicht, was mit Ihnen los ist und was Sie vorhaben, aber Sie brauchen dringend Hilfe!" „Das ist mir schon klar, du Idiot! Was denkst du denn, warum wir die Männer aus ihren Verliesen befreit haben? Sie werden mir beim Ausbruch meiner Geliebten helfen, und wenn die Rettung gelungen ist, werde ich dich vielleicht, wenn du bis dahin keinen Unsinn gemacht hast, laufen lassen. Dann kannst du wieder deinen armseligen Job nachgehen, oder was du sonst tun willst! Aber bis dahin ...!"

Frank verstummte, weil draußen plötzlich Geräusche und Stimmen erklangen. „Hilfe, Hilfe! Passt auf, der Mann ist bewaffnet!", schrie der Gefangene, verstummte aber jäh, da

Frank ihn mit einem gezielten Faustschlag zur Ruhe brachte. Danach zog er die Pistole aus seiner Manteltasche und spähte vorsichtig aus dem Fenster!

„Kommen Sie heraus, die Gartenlaube ist umstellt", schallte es von draußen. „Sobald ihr versucht, die Gartenlaube zu betreten, stirbt der Mann, und einige von euch schicke ich auch noch in die Hölle!", schrie der Befreier!

Tuschelnde Stimmen waren zu hören, aber so leise, dass Frank nur Bruchstücke verstehen konnte. Immerhin hatte er erreicht, dass sie sich beraten mussten. Dann, nach einigen Minuten, ertönte wieder die Stimme: „Wir sind bereit zu verhandeln, was verlangen Sie?" „Vera im Austausch gegen den Taxifahrer und freies Geleit für mich, Vera und meine drei Gefährten!"

„Drei Gefährten? Wovon redet der, Chef? Halten sich etwa noch mehr Menschen in der Gartenlaube auf", fragte einer der Polizisten. „Ich kann mir denken, wen er meint, die sind völlig ungefährlich für uns, aber um den Taxifahrer mache ich mir Sorgen." Der Polizeibeamte überlegte und nach zweiminütigen Grübeln sagte er: „Das ist es, ich habe eine Idee! Wir haben doch bestimmt Fotos von seiner verstorbenen Freundin oder deren Zwillingsschwester?" „Sicherlich, aber wozu benötigen Sie die?" „Wirst du gleich erfahren!" Der Beamte zog sein Handy aus der Jacke, um in der Polizeistation anzurufen und dort einige Instruktionen zu geben.

Frank war äußerst misstrauisch, denn er konnte die Beamten tuscheln hören. Allzu viele schienen es nicht sein, die meisten waren auf der Suche nach diesem Frauenmörder, der zurzeit hier sein Unwesen trieb, wie er gestern im Radio hörte. Wie sollte er weiter vorgehen? Am besten erschien es, wenn der Chauffeur ihn zunächst mit Vera und den drei Befreiten wegfuhr, egal wohin und wenn sie die Polizisten abgehängt hatten, würde er ihn irgendwo auf einer Landstraße rauslassen und mit den anderen in die Freiheit fahren. Irgendwohin, wo man Vera und ihn in Ruhe lies und nicht mehr nachstellte. Und dann würde endlich alles gut sein, konnten sie ihre Liebe genießen. Frank blickte nach unten. Jetzt schien sich endlich etwas zu tun. Ein weiterer Wagen war eingetroffen, aus dem zwei Männer stiegen. Der eine von ihnen öffnete die hintere Tür des Fahrzeuges und holte etwas, nein jemanden aus dem Auto. Es war Vera!

Der Taxifahrer erwachte wieder aus seiner Ohnmacht und blickte sich um. Durch Franks Faustschlag mit dem Stuhl umgekippt, befand er sich nun in unmittelbarer Nähe von Werkzeugen, darunter einen Hacker. Der Irre schien abgelenkt zu sein, da sich draußen wohl etwas tat. Aber er verspürte keine Lust, sich geduldig auf die Polizei zu verlassen, denn das Vertrauen zu den Ordnungshütern war bei ihm noch nie besonders groß gewesen. Leise schob er sich mit dem Stuhl in die Nähe der Geräte, bis er den Hacker erreicht hatte. Dann begann der Gefangene seine Fesseln an dem, nicht gerade sehr scharfen, Metall des Gartenwerkzeugs zu reiben.

Die Puppe hat sehr viel Ähnlichkeit mit der ehemaligen Freundin des Irren, das haben unsere Kollegen gut hinbekommen. Jetzt können wir nur noch hoffen, dass er auf unseren Vorschlag eingeht. Er nahm das Megafon in die Hand und rief: „Ihre Freundin ist hier! Lassen Sie nun den Mann frei, dann" ...!

Der Gefangene hatte sich von den Fesseln befreit und mit dem Hacker in der Hand stürzte er sich auf Frank. Der vernahm zwar das Geräusch, konnte aber nur noch verhindern, dass der Hacker im am Hinterkopf traf, stattdessen ritzte die stumpfe Klinge sein Ohrläppchen an, aus dem jetzt Blut auf dem Boden der Gartenlaube tropfte. Zornig schoss Frank dem Taxifahrer in den Kopf, Sekunden später ereilte ihn aber dasselbe Schicksal, denn die Polizisten eröffneten das Feuer und trafen dem Befreier mehrmals in der Brust und im Kopf.

„**D**as war nicht gerade eine ruhmreiche Aktion von uns: Zwei Tote und" ... Der Beamte musste sich abwenden, als er sich die drei Leichen ansah. „Wir haben Glück, dass jetzt alles nur noch von dem Frauenmörder redet, da wird dieser Vorfall vielleicht mit einer Randnotiz bedacht." „Wollen wir es hoffen, Kommissar Reschnik hat mich schon angefordert", sagte der Beamte, nicht ahnend, dass ein noch viel grauenvollerer Fall auf ihn wartete!

Die gelben Augen des Todes

Endlich war es einer Frau gelungen, dem Killer zu entkommen, doch gab es sehr wenig Details, die sie der Polizei erzählen konnte. Nur bei ihrer Beschreibung der Augen horchten die Kriminalbeamten auf.

„Gelbe Augen, angeblich wie die eines Wolfes, so etwas habe ich in meiner ganzen Dienstzeit noch nicht gehört", sagte Schmidt bei der anschließenden Besprechung direkt nach der Vernehmung. „Ja, aber das ist doch immerhin ein Hinweis. Viel interessanter finde ich, dass wir, obwohl unsere Kollegen äußerst schnell am Tatort erschienen, keine Autospuren fanden und der Mann einfach spurlos verschwand." „Was wollen Sie damit andeuten?" „Es handelt sich bei unserem Täter um jemanden, der in der Umgebung wohnt oder arbeitet" „Hm, die Häuser in unmittelbarer Nähe des Waldgebietes kann man an zwei Händen abzählen. Ansonsten ist dort doch nur eine Psychiatrie und … der Zoo!" „Genau, der Zoo! Ich könnte mich natürlich auch irren, aber mein Gefühl sagt mir, der Mann arbeitet dort!" „Wie kommen Sie zu der Annahme? Die Psychiatrie wäre doch eine naheliegende Schlussfolgerung." „Nein, nein, dort haben wir das Personal schon überprüft und es gibt keinerlei Berichte oder Hinweise über eine unerlaubte Entfernung eines Patienten aus der Anstalt. Meine langjährige Berufserfahrung „sagt" mir, dass wir den Täter unter dem Personal des Zoos finden." „Hm, gelbe Augen! Ich glaube, die Frau hat sich das nur eingebildet, denn mir ist nicht bekannt, dass es Menschen mit gelben

Augen gibt." „Das ist korrekt, die üblichen Farben sind grau, grün, braun, bernsteinfarben und Mischungen zwischen diesen Augenfarben". „Also lügt die Frau, oder hat sie sich geirrt?" „Ganz so einfach ist die Sache nicht, es gibt da gewisse Möglichkeiten!" „Und welche sind das?" Schmidt sah seinen Vorgesetzten neugierig an. „Nun"..., Reschnik brach den Satz ab. „Es ist vorläufig nur eine Vermutung von mir, deswegen möchte ich sie noch nicht kundtun." „Interessant, ihre Gedanken gehen ja immer unbekannte Wege, Kollege!" Der Kommissar nickte kurz und sagte dann: „Ich sehe es als absolut notwendig an, das gesamte männliche Personal des Zoos überprüfen, vielleicht stoßen wir dabei ja auf Hinweise!" „Genügt es nicht, wenn wir nur diejenigen überprüfen, die während der Tatzeit dort arbeiteten?" „Nein, denn falls der Täter dort angestellt ist (wovon ich fast überzeugt bin), ist er im Besitz von Schlüsseln oder kennt Stellen, von wo er in den Tierpark eindringen kann. Wir müssen also auch alle Angestellten überprüfen, die in der Tatzeit nicht gearbeitet haben! Zudem ist es unbedingt notwendig, dass erneut eine Meldung über die Medien rausgeht, in der alle Frauen deutlich gewarnt werden die Straßen und Feldwege in dem Gebiet um den Tatort bis auf Weiteres zu meiden." „Den Text habe ich schon verfasst, habe sogar empfohlen, dass Frauen im ganzen Stadtgebiet abends nicht alleine durch die Straßen gehen sollten." Schmidt zeigte dem Kommissar einen Ausdruck. „Tüchtig, tüchtig! Und jetzt an die Arbeit!"

Die Wölfe verhielten sich in letzter Zeit sehr unruhig. Er dachte über mögliche Ursachen ihrer Nervosität nach. Die Laufzeit der Fähen hatte noch nicht begonnen und etwaige Störungen waren ihm auch nicht aufgefallen. Bei der Durchzählung der Tiere fiel dem Mann dann auf, dass ein Wolf fehlte. Aber das erschien ihm unglaublich, denn der Zaun rund um das Gehege war erst vor einigen Tagen von ihm und drei seiner Kollegen überprüft worden und sie hatten keine Schäden gefunden. Wie konnte der graue Räuber also entkommen sein? Um sicherzugehen, dass er sich nicht irrte und unnötige Panik zu vermeiden, betrat er noch einmal das Gehege, musste es aber sofort wieder verlassen, da zwei der männlichen Wölfe ein ungewöhnlich aggressives Verhalten an den Tag legten. „Das wird ja immer merkwürdiger, die haben mich noch nie angefletscht", dachte er, und dann sah der Tierpfleger den Grund für die Aufregung!

„Eines steht fest, gestern war das Rudel noch vollzählig, es muss also in der Nacht jemand in das Wolfsgehege eingedrungen sein und das, was er dem Tier angetan hat, kann man nur als grausam und abartig bezeichnen." „Da fragt man sich, wer eigentlich die gefährlicheren Raubtiere sind", warf sein Kollege ein. „Herr Meier, sind Sie absolut sicher, dass der Tod nicht von einem oder vielleicht sogar mehreren der anderen Wölfe verursacht worden ist?", fragte Dr. Broschinski, der Leiter des Zoos. „Die vielen Wunden stammen eindeutig von einem Messer, Bisse sehen anders aus." „Dann stellt sich aber die Frage, warum die anderen Wölfe nicht eingegriffen haben", schaltete sich Klaus Schuldt (einer der anderen Tierpfleger), in das Gespräch ein. „Ja, dafür gibt es eigentlich nur eine Erklärung!" „Und die wäre?" Dr. Broschinski sah Jens Meier, der schon viele Jahre im Zoo arbeitete, neugierig an. „Ich" ... „Meier brach den Satz ab. „Nur keine Scheu, äußern Sie Ihre Vermutung." „Es ist eigentlich keine Vermutung, sondern meine Überzeugung, dass, obwohl es unglaublich für Sie klingen mag, der Täter zum Personal gehören muss!" „Was???!" Alle starrten den großen, rothaarigen Mann fragend an! „Das ist doch wohl nicht dein Ernst, Jens! Warum sollte einer von uns so etwas Bestialisches tun?", schrie Schuldt. „Dafür habe ich auch keine Erklärung, aber denke doch mal nach, Klaus! Wie soll derjenige in das Gehege gekommen sein? Das Schloss ist nicht aufgebrochen und der Zaun wurde erst letzte Woche von uns kontrolliert. Und es würde auch erklären, warum die anderen Wölfe nicht eingriffen, denn der Täter sperrte sie in den Zwinger ein, sodass er mit der Fähe im Gehege alleine war." „Ihre Argumentation hat zwar etwas für sich, aber trotzdem finde ich sie äußerst unglaubwürdig und zudem sehr beleidigend gegenüber ihren Kollegen. Außerdem könnte der Täter ja über den Zaun geklettert sein. Vielleicht gibt es da einen Zusammenhang mit dem Frauenmörder. Die Polizei rief vor Kurzem an und will mit mir und dem Personal des Zoos über den Fall reden, da berichte ich ihnen gleich von unserem toten Wolf und erstatte eine Anzeige", erwiderte Dr. Broschinski. „Ja, vielleicht war es der irre Killer", sagte Klaus. Jens sah die anderen prüfend an und dachte sich seinen Teil!

Der Kommissar war äußerst unzufrieden mit den Unterredungen! Weder die Gespräche mit dem Personal der Psychiatrie, noch die Vernehmung der Tierpfleger erbrachten neue Erkenntnisse. Von den Angestellten des Zoos hatten zu der Tatzeit nur zwei gearbeitet und dem Wachdienst, der dreimal in der Nacht um den Zoo fuhr, war auch nichts aufgefallen. Merkwürdig erschien allerdings die Sache mit dem toten

Wolf. Hatte der Killer sich einen Ersatz für die entkommene Frau gesucht?

Nur noch ein Tag bis zur Metamorphose. In seinem Inneren herrschte wegen der entflohenen Frau eine Melange aus Enttäuschung, Zorn und vor allem ungestillter Mordlust. Die junge Wölfin stellte einfach keinen adäquaten Ersatz dar! Ob die anderen Tiere ihn jetzt dafür hassen würden? Andererseits „sagte" ihnen ihr Instinkt vielleicht, dass der Tag näher kam und gegen die Bestie besaßen sie nicht den Hauch einer Chance! Dass die Polizei ihn verdächtigte, glaubte er nicht, obwohl der Kommissar einen sehr intelligenten Eindruck hinterließ.

Keine Fehler, sonst … Der Blick fiel auf seine schwarze Maske und der restlichen dunklen Bekleidung. „Warum tragen Killer eigentlich immer schwarz? Grau würde viel besser zu mir passen", dachte er und lachte! Oftmals wünschte er sich allerdings, dass die Geschichte damals nicht passiert wäre. Zeitweilig kamen Suizidgedanken in ihm auf, nicht etwa wegen plagender Schuldgefühle, denn sein Gewissen hatte sich schon vor einigen Jahren von ihm verabschiedet, sondern weil er mit dem Druck, der auf ihm lastete, nicht mehr klarkam. Um sich in das Jenseits (oder präziser gesagt: in die Hölle) zu befördern, kaufte er vor einigen Wochen die notwendigen Utensilien ein, aber wie bei allen Menschen, so gab es auch bei ihm einen starken „Selbsterhaltungstrieb", der einen inneren Konflikt bei ihm auslöste. Doch die vielen bizarren Albträume während der letzten Nächte malträtierten sein Gehirn. In ihnen erschienen die ganzen toten, verstümmelten Menschen mit herunterhängenden Fleischlappen, halb zerfetzten Eingeweiden und (was am grausigsten aussah) entstellten, angefressenen Gesichtern ohne Nasen und Ohren. Und alle flüsterten sie ihm zu, dass er sich endlich umbringen solle. Teilweise fehlten bei einigen auch die Augen!

Die Augen, er musste unbedingt auf **seine** achten, denn die Frau hatte bestimmt die gelbliche Farbe bemerkt! Bald würde sie noch viel schrecklichere Dinge ansehen müssen! Sie und andere! In dieser Stadt hatte er ja bisher nur einen seiner Triebe befriedigt, die Opfer waren alle weiblich! Das würde sich bald ändern! Spürte er den Geschmack des Blutes in seinem Mund oder war das nur Einbildung? Vielleicht schon die ersten Vorzeichen, dachte der Mann und beschloss erneut auf die Jagd zu gehen.

Die Mitteilungen in der Presse und den sonstigen Medien hatte sie zwar aufmerksam verfolgt, aber Jessica war noch nie eine besonders furchtsame Frau gewesen. Außerdem konnte das letzte vermeintliche Opfer flüchten und mit ihr würde der Killer noch viel mehr Probleme bekommen. Sie war nicht nur kräftiger als die meisten Frauen, sondern nahm jetzt schon seit einigen Monaten an Selbstverteidigungskursen im lokalen Sportverein teil. Also was sollte ihr schon passieren?

Kurz nachdem Jessica an einigen kleinen Gehegen des Tierparks vorbei lief, überkam sie das erste Mal dieses Gefühl. Etwa so, als ob jemand Eiswürfel auf ihren Rücken gelegt hätte. Zugleich fühlte sie ein Grummeln und Drücken in der Magengegend, dass die junge Frau ansonsten nur verspürte, wenn Gefahr oder Stress anstand. Leicht verunsichert sah sie sich um. Aber weder in dem nahen Waldgebiet, noch auf dem Feldweg, an dessen Ende sich eine Psychiatrie befand, war irgendeine Bewegung auszumachen. Trotzdem hatte die junge Frau den Eindruck, als ob irgendjemand in ihrer Nähe sie beobachtete. „So muss sich ein Reh auf einer Wiese fühlen, wenn Gefahr droht", dachte sie. Aber Jessica war kein Reh, hatte nie Scheu und ganz selten Angst verspürt. Und doch, sie musste es eingestehen, war ihr äußerst unwohl zumute! „Es ist bestimmt nur Einbildung", sagte sich die Joggerin und setzte ihren Lauf fort. Als sie auf den Waldweg zusteuerte, ertönte plötzlich ein Knacken, das sich wie ein Fußtritt auf einem morschen Ast anhörte. Und dann erblickte Jessica ein paar gelbe Augen, die sich hinter einem großen Nadelbaum befanden und sie anstarrten. Nein, sie sah nicht nur Augen, sondern einen Kopf, der in einer schwarzen Skimaske steckte! Jessica schrie laut auf, als der Mann hervortrat und sie das lange, blitzende Messer in seiner Hand bemerkte! Wohin sollte sie flüchten? Während die Joggerin noch überlegte, rannte der Mann auf sie zu. Und er war verdammt schnell! Da die Frau befürchtete, dass ihre Laufgeschwindigkeit trotz des monatelangen Trainings nicht ausreichte, kletterte sie auf einem nahen Baum und von dort den hohen Zaun runter in eines der Gehege des Tierparks.

Diese Reaktion war für ihn nicht vorhersehbar! Alle anderen Frauen waren fortgelaufen, um ihr Leben zu retten, was ihnen bis auf eine zwar nicht geholfen hatte, aber eine durchaus natürliche Handlung darstellte. Dass die Joggerin ausgerechnet Zuflucht in dem Zoo suchte, erschien grotesk, wie eine sarkastische Fügung! Soweit er es im hellen Mondlicht erkennen konnte, befand sie sich jetzt ausgerechnet im ...!

Ein strenger Geruch, der sich hauptsächlich aus Urin, Kot und Drüsenausscheidungen von den Bewohnern des Geheges zusammensetzte und den man nicht gerade als aphrodisierend bezeichnen konnte, strömte ihr entgegen. Angewidert rümpfte Jessica ob des Gestankes, der großen Ekel in ihr auslöste, die Nase. Etwas Ähnliches hatte sie doch vor Kurzem, es war noch gar nicht allzu lange her, gerochen. Angestrengt versuchte Jessica sich zu erinnern. „Unwichtig, du musst auf den Weg für die Besucher gelangen und dann jemand von dem Personal suchen", „sagte" ihr, nach der nun etwas nachlassenden Angst, jetzt wieder normal arbeitender Verstand. Es war zwar schon spät, aber sie wusste aus Zeitungsberichten, dass im Tierpark auch nachts gearbeitet wurde! Plötzlich ertönte ein lautes, lang anhaltendes Heulen und schlagartig wurde der Frau bewusst, wer die Bewohner des eingezäunten Areals waren, wodurch sich ihre Furcht wieder verstärkte!

Die Wölfe hörten die junge Frau, rochen den Schweiß und witterten ihre Angst, aber da war auch noch etwas anderes, dieser Geruch des Menschen, welcher eine der ihren getötet hatte. Wild warf sich der Alphawolf gegen das Eingangstor, die anderen Rüden schlossen sich dem Rudelführer an, und obwohl die Pforte ziemlich schwer und massiv war, geriet sie leicht ins Wanken.

Jessica versuchte die aufsteigende Panik zu überwinden und sich zu orientieren, wobei ihr das helle Licht des jetzt fast vollen Mondes zugutekam. „Irgendwo muss hier ein Besucherweg sein, und wenn ich den gefunden habe" ... , dachte sie. Aber wo war der Maskenmann abgeblieben? Draußen konnte sie keine Bewegungen erkennen und zu hören war nur das laute, wütende Heulen der Wölfe. Das Rudel schien zum Glück für sie nicht frei herumzulaufen. Eine einzige der Bestien, deren Geruch noch viel intensiver als der von den beiden Schäferhunde eines mit ihr befreundeten Ehepaares war, würde schon ausreichen, um sie zu töten. Bestien? Wenn sie an den Mann dort draußen und die Zeitungsberichte über die Frauenmorde dachte, fragte sie sich, wer eigentlich die wahre Bestie ist.

Schon wieder eine, die ihm entkommen war! Ärger und Wut machten sich in ihm breit. Heute war der letzte Tag, an dem er seinen Drang befriedigen konnte, denn ab morgen ... Er blickte hoch in den dunklen Himmel, wo der fast volle Mond leuchtete und die Nebelschwaden, welche jetzt langsam aufkamen, erhellte. Für andere Menschen vielleicht unheimlich, aber für ihn war diese Atmosphäre ein Genuss. Dann, nach kurzer Überlegung, wusste er, was zu tun war.

Jens unterbrach seine Arbeit, als er den Lärm der Wölfe vernahm. Eilig lief er zum Gehege der Raubtiere. Auf dem Weg dorthin kam ihm sein Arbeitskollege Klaus entgegen. „Was machst du denn hier? Willst du jetzt zwei Schichten hintereinander arbeiten?" ‚fragte er ihn. „Ich habe, vorhin als ich aufwachte, festgestellt, dass ich mein Handy vergessen habe. Aber was ist mit den Wölfen los?" „Ich bin gerade dabei nachzusehen, komm mit!"

Als sie das Wolfsgehege erreichten, sahen die beiden eine junge Frau, die versuchte, über den hohen Zaun zu klettern. „Was haben Sie hier im Zoo zu suchen?!", schrie Schuld. „Helft mir! Ich bin vor ihm geflüchtet und die Tiere hören sich so an, als ob sie jeden Augenblick ausbrechen könnten." „Geflüchtet? Was erzählt die Alte da?", dachte der Tierpfleger. „Bleiben Sie ganz ruhig, mein Kollege und ich schließen auf und dann sind Sie in Sicherheit." Einige Sekunden später hatte Schuld das Gehege geöffnet und kümmerte sich um die jetzt total verängstigte Frau, während sein Kollege nach den immer noch aufgeregten Wölfen sah. „Wir müssen die Polizei rufen, denn er ist bestimmt noch in der Nähe", schluchzte Jessica und erklärte den ungläubig dreinblickenden Mann den Grund ihres Eindringens. „Machen wir gleich, beruhigen Sie sich, die werden den Typen schon kriegen", versuchte Schuldt die Frau zu trösten. „Ist mit den Wölfen alles in Ordnung?", fragte er Jens. „Ja, ich konnte sie wieder einigermaßen beruhigen!" Jessica erschauerte, denn urplötzlich überkam sie wieder dieses unheimliche Gefühl, dasselbe wie vor einigen Minuten kurz vor der Begegnung mit dem Killer. „Ist ihnen nicht gut? Kommen Sie, wir gehen zum Büro." „Klaus, ruf die Polizei an!", wies Jens, der sich jetzt wieder zu ihnen gesellt hatte, seinen Kollegen an. „Ich habe doch mein Handy im Aufenthaltsraum vergessen", erinnerte ihn der andere. „Ach ja, das hatte ich schon wieder vergessen. Dann gehen wir jetzt dorthin, denn ich habe meins leider auch nicht dabei", sagte Jens und gemeinsam machten sie sich auf den Weg!

Kurz bevor sie das Gebäude, in dem sich der Aufenthaltsraum befand, erreichten, kam Dr. Broschinski aus seinem

Büro. „Hallo Chef, so spät noch am Arbeiten?", fragte Schuld. „Ja, ich musste noch einige dringende Angelegenheiten erledigen. Aber was tun Sie hier, ihre Schicht ist doch schon längst zu Ende? Und wer ist die Frau?" Schuld und Jessica erklärten ihn mit kurzen Worten die Situation. „Und konnten Sie den Mann genau erkennen?", fragte Broschinski die Joggerin. „Hm, normale Statue, Gesicht war maskiert, das Einzige, was mir wirklich aufgefallen ist, sind die gelben Augen." „Gelbe Augen? Unmöglich, die gibt es nur bei Tieren! Wölfe haben gelbe Augen, auch einige Greifvögel." „Aber ich schwöre ihnen, seine Augen waren gelb und ich habe irgendwie so ein Gefühl, dass der Mann noch in der Nähe ist!", sagte Jessica leicht fröstelnd. „Falls das stimmt, dann wird er sich nicht an uns heranwagen, denn wir sind zu viert. Habt ihr schon die Polizei angerufen?" „Nein, aber das werden wir jetzt tun, ich könnte die junge Frau aber auch zum Revier fahren", schlug Schuld vor, wobei er in Jessicas hübsche braune Augen schaute und danach seinen Blick weiter nach unten schweifen ließ. „Nein danke, ich warte lieber, bis die Polizisten eintreffen, danach können die mich ja nach Hause fahren", lehnte die Joggerin, der die Begutachtung ihres Körpers nicht entgangen war, das Angebot des Tierpflegers ab.

„Sie können von großem Glück reden, dass Sie ihm entkommen sind, denn seine drei Opfer hat er entsetzlich zugerichtet." Mit Grauen dachte Reschnik zurück an den Anblick der entstellten Leichen. Und wir müssen unbedingt verhindern, dass es ein viertes Opfer gibt, darum bitte ich Sie inständig, sich zu konzentrieren, jedes kleine Detail, und mag es Ihnen auch noch so bedeutungslos erscheinen, ist wichtig." Obwohl Jessica angestrengt nachdachte, konnte sie sich außer den gelben Augen an keine besonderen Merkmale erinnern. „Die gelben Augen", sagte der Kommissar nachdenklich. „Von denen hat uns die andere Frau auch berichtet. Und sonst fällt Ihnen wirklich nichts Erwähnenswertes ein? Versuchen Sie sich zu erinnern!" „Doch, da war etwas, aber ich könnte mich auch täuschen." „Nur keine Scheu, alles kann wichtig sein", munterte der Kommissar sie auf! „Einige Sekunden, bevor ich den Killer sah, hatte ich so eine Art Vorahnung, ein kaltes Gefühl am Rücken und ein Zusammenziehen in der Magengegend." „Ja, das gibt es manchmal, es ist eine Art Instinkt, aber hilft uns leider nicht weiter." „Vielleicht doch, denn die Empfindung überkam mich während meines Aufenthaltes im Tierpark merkwürdigerweise erneut. Sie verschwand erst auf der Fahrt ins Polizeirevier." „Das ist sehr interessant." „Können Sie sich noch erinnern, wann dieses Gefühl im Tierpark auftrat?" „Wie meinen Sie das? Den genauen Zeitpunkt?" „Ja, wenn Sie den ungefähr bestimmen könnten?!" „Nun, ich glaube, es begann, kurz bevor ich mit den beiden Tierpflegern den Besucherweg betrat, aber irgendwie war ich auch beruhigt, dass jemand bei mir war und trotzdem ... Ach, ich weiß nicht, ich kann es nicht erklären." „Emotionen sind generell schwer zu beschreiben, es ist aber auch nicht schlimm, Ihre Aussage bestätigt eine Vermutung, die ich seit einiger Zeit hege." Jessica sah den Kommissar neugierig an. „Glauben Sie, dass er es erneut versuchen wird?" „Es ist nicht auszuschließen, wir werden Ihnen aber, genau wie der anderen Frau, die entkommen konnte, Polizeischutz geben und ihre Wohnung überwachen." „Ich hoffe, Sie erwischen ihn bald." „Ja, wir werden in den nächsten Tagen wissen, wer der Killer ist, ich muss nur noch einige Überprüfungen veranlassen", dachte Reschnik.

Wieder war es daneben gegangen, er schien eine Pechsträhne zu haben. Ja, wenn diese Sache damals in Osteuropa nicht passiert wäre ... Er wünschte sich, dass man ihn nicht gerettet hätte. Allerdings hatten die Leute ihn eindringlich davor gewarnt, was passieren würde und ihm dringend geraten, sein Leben zu beenden. Aber er zog es stattdessen vor, sich zu rächen. Es war eine Frau, eine hübsche dunkelhaarige Frau mit braunen Augen, ähnlich aussehend wie die Joggerin. Wie oft hatte er seitdem schon seine Vergeltung ausgeführt? Er konnte es nicht mehr beziffern. Die einfachere Lösung schien natürlich seinen (nein, eigentlich gehörte es ihm ja nur noch teilweise) Leben ein Ende zu bereiten, aber der tiefe Hass in seinem Inneren motivierte ihn, weiterzuleben. In der nächsten Nacht durfte dann wieder das animalische Wesen in Aktion treten. Mit Schauern erinnerte sich der Mann an die Albträume der letzten Nächte und hoffte endlich wieder einmal ruhig zu schlafen, was er allerdings stark bezweifelte.

Am nächsten Tag setzte Reschnik alle Hebel in Bewegung, um seine Verdächtigen zu überprüfen, was sich besonders bei einer Person als besonders schwierig erwies. „Also wir können mit absoluter Sicherheit sagen, dass wir jetzt einen der Kandidaten ausschließen können, denn er hatte bei dem Mord an den drei Frauen ein wasserdichtes Alibi. Merkwürdig ist dein persönlicher Hauptverdächtiger, er hat die letzten Jahre im Ausland, genauer gesagt in Osteuropa, verbracht, um dort das Verhalten von frei lebenden Wölfen zu erforschen. Genauere Angaben über seine Tätigkeiten und sein Leben während dieser Zeit haben wir noch nicht her raus gefunden. Es gestaltet sich ziemlich schwierig, denn die Behörden in dem Land sind nicht gerade sehr mitteilsam. Interessant ist zudem, dass er sich noch nicht im Rathaus umgemeldet hat, obwohl der Mann nun schon fast einen Monat in unserer Stadt wohnt." „Einen Monat und vor knapp vier Wochen geschah der erste Mord. Das ist unser Mann, da bin ich mir absolut sicher", sagte Reschnik, der dabei, um die vermeintliche Richtigkeit seiner Behauptung zu unterstreichen, heftig mit den Kopf nickte, was sehr charakteristisch für ihn war. „Gute Arbeit! Lasst seine Wohnung nicht mehr aus den Augen", befahl der Kommissar. „Kein Problem, der Mann lebt in einem kleinen Haus am Waldrand." „Gut, lassen sie es von zwei Beamten ständig überwachen, ich befürchte, dass er heute Nacht erneut zu morden versucht!

Nur noch eine halbe Stunde, bis sich das Tageslicht vollständig verabschiedete und von dem Strahlen des Vollmondes abgelöst wurde. Seit dem Beginn der Dämmerung konnte er spüren, wie es langsam von ihm Besitz ergriff, so wie schon etliche Male bei seinem Aufenthalt in Osteuropa. Mit Schauern dachte er an die Anfangszeit zurück. <u>Tage an denen er</u> morgens nackt aufwachte, seine Haut mit fremden Blut befleckt, so wie in einem Horrorfilm, nur dass es sich in diesem Fall um die bittere Realität handelte. Als ihm bewusst wurde, dass die Warnungen und Prophezeiungen der alten Dorfbewohner damals in Osteuropa auf Wahrheit beruhten, hatte er beschlossen sein Leben zu beenden, doch dann überkam ihn der Hass! Hass und Rachegefühle, die ihm zu einen doppelten Killer werden ließen. Und trotzdem, in Augenblicken wie diesen, so kurz vor ..., kam in ihm doch wieder der starke Wunsch auf, seinem Dasein ein Ende zu bereiten. Die vielen Menschen ...

In den letzten Tagen waren seine Augen sehr oft auf die Wölfe im Gehege gerichtet gewesen. Die Tiere starrten ihn an und er konnte ihre Angst spüren. Es war geradezu grotesk, dass ausgerechnet er, der sich einige Jahre mit der Erforschung des Verhaltens von den wild lebenden Wölfen beschäftigt hatte … Und dann seine Krankheit .... Sie war verantwortlich für seine gelbe Augenfarbe! Während seines menschlichen Daseins trug er Kontaktlinsen, aber wenn die Polizei bei ihren Nachforschungen herausfand, das ...

„Vielleicht war alles vom Schicksal vorgegeben", dachte er. Ja, vielleicht war es seine Bestimmung, die ihm jemand (aber bestimmt nicht Gott) lange vor seiner Geburt aufgetragen hatte! Es ist alles Kismet, pflegten die Araber zu sagen, womit sie ausdrückten, dass man gegen den Lauf des Schicksals nichts entgegenstellen konnte. Vergleichbar mit einem riesigen Buch, das vor langer Zeit geschrieben und nun zur Realität wurde.

In Osteuropa hatte es hinsichtlich der Toten, für die sein zweites Ich verantwortlich war, keine Probleme gegeben. Bei den Frauen hatte er dafür gesorgt, dass man die Leichen nicht fand und die Toten seiner dritten „Persönlichkeit" wurden von den Behörden als Opfer von Raubtieren deklariert. Hier hingegen …! Wäre er in dem Ort geblieben, dann … Wäre sein mörderisches Treiben dort vielleicht endlos weitergegangen, vervollständigte er seinen Gedanken. Aber wollte er das überhaupt? Nein!! Er wünschte sich, dass man ihn tötete, weil **er** den Mut zum Suizid nicht aufbrachte. Nur noch wenige Minuten, dann löste die Nacht den Tag ab! Es war jetzt schon fast komplett dunkel, der volle Mond leuchtet hell in sein Zimmer und bestrahlte sein Gesicht.

Der Mann öffnete sein Fenster und spürte, dass die Zeit der Bestie immer näher rückte, denn seine Sinne verschärften sich, was meistens den Anfang des Horrors einleitete. Seine Nase nahm nun verschiedene Gerüche auf: das feuchte Moos an den Bäumen, den Duft der Tannennadeln, den Gestank vom Kot und Urin der im Wald lebenden Tiere und den Geruch einer Frau, die vor einiger Zeit an seinem Haus vorbei spaziert war. Sie musste ihre fruchtbaren Tage haben. In Osteuropa hatte er den, sehr speziellen, femininen Duft, der eine starke animalische Erregung bei ihm auslöste, des Öfteren geschnuppert. Dann wurde sein Riechorgan abgelenkt von extrem starken menschlichen Schweißabsonderungen zweier Männer. Auch ihre Stimmen konnte er deutlich hören, obwohl das Auto, in dem sie sich befanden, fast 100 Meter von seinem Haus entfernt war. Sie sprachen von ihm, den Hauptverdächtigen des Kommissars. Also war der Mann noch intelligenter, als er vermutet hatte. Aber das war ihm jetzt auch egal, vielleicht würden sie ihn ja heute erschießen. Er wünschte es sich sehnlichst, denn …

Jäh wurde er aus seinen Gedankengängen gerissen, da die Transformation einsetzte. Sie kam ohne eine Vorwarnung des Körpers, schnell und qualvoll! Zuerst spürte er, wie seine Finger anschwollen, dann wuchsen innerhalb weniger Sekunden Haare zwischen und auf ihnen. Die Fingernägel mutierten zu langen, spitzen, am Ende leicht gebogene Krallen mit der Schärfe eines frisch geschliffenen Messers. Im Spiegel konnte der Mann mit ansehen, wie sich die höllische Metamorphose fortsetzte! Die Farbe seiner Augen wechselte von einem zuvor trüben in ein helles, funkelndes Gelb. Sein Blick wandte sich jetzt hin zu den mit Fotografien von Wölfen verzierten Wänden. Seine Sehorgane waren denen der tierischen mörderischen Räuber nun nahezu identisch. Und doch stellten die Verwandten des Hundes im Vergleich zu der Bestie, die jetzt entstand, bloß armselige Kreaturen mit dem Verlangen, ihren natürlichen Hunger stillen zu wollen, dar. Das Monster hingegen, zu dem er sich nun verwandelte, war besessen von dem Drang zu töten, ähnlich der Gier von Drogensüchtigen, die ihre Sucht stillen wollen. Das Spiegelbild zeigte ihm alle weiteren grauenvollen Details der Verwandlung. Seine einst muschelartig aussehenden Ohren nahmen nun die Form von aufrecht stehenden Dreiecken an. Die Schneidezähne vergrößerten sich, „mutierten" zu Reißzähnen und das Gesicht, vor allem der Kiefer, war nun voller und behaart, gleichzeitig begannen die Adern anzuschwellen. Mit lauten Schmerzensschreien fiel er auf dem Boden. Ein inneres, qualvolles Brennen bereitete sich aus, das sich so anfühlte, als ob jemand in seinem Körper ein Feuer entzündet hatte. Die Kleidung zerriss, sein jetzt vollständig behaarter Rücken verbreiterte sich, ebenso die Muskeln, und dann, als die Verwandlung vollständig abgeschlossen war, erklang aus seinem Maul ein tiefes Knurren, gefolgt von einem lang gezogenen Heulen. In wilder Raserei streifte die Bestie letzte Reste des menschlichen „Fells" ab und war jetzt einsatzfähig, um ihren höllischen Auftrag zu erfüllen, bereit für eine weitere blutrünstige nächtliche Jagd!

„Dass der Chef mich ausgerechnet heute zu dieser Observierung eingeteilt hat, nervt mich, ehrlich gesagt, sehr, ich wollte heute Abend mit meiner Frau endlich einmal" … Der Polizeibeamte kam nicht dazu, seinen Satz zu beenden, denn ein lautes Krachen, gefolgt von einem tiefen Laut, der nicht aus dem Munde eines menschlichen Wesens zu kommen schien, schreckte ihn und seinen Kollegen auf. „Was zum Teufel war das?", schrie er! Mit gezückter Schusswaffe öffnete er die Beifahrertür und schritt in Richtung des Hauses. Doch dann nahmen seine Ohren ein Geräusch wahr, das aus dem nahen Waldgebiet zu kommen schien. Vom Licht des vollen Mondes bestrahlt, konnte er dort ein großes Tier erkennen. Verdammt, was um alles in der Welt konnte das sein? Sah fast aus wie ein Hund oder ein …

„Jetzt haben wir doch noch etwas sehr Interessantes erfahren!" Reschnik, der tief in Gedanken versunken an seinem Schreibtisch saß, blickte auf. „Nur heraus damit", ermunterte er seinen Kollegen. „Ihr Verdächtiger verbrachte mit seiner damaligen Verlobten, die ihn manchmal bei den Forschungsreisen begleitet hatte, mehrere Tage in einem kleinen Dorf Osteuropas, um das Verhalten eines in den nahen Wäldern lebenden Wolfsrudels zu studieren. Dabei verschwand seine Lebensgefährtin eines Nachts spurlos. Trotz intensiver Suche in den nächsten Tagen konnte man sie nicht finden, nur einige kleinere Blutspuren am Rande des Waldgebietes wurden entdeckt, die wahrscheinlich von ihr stammten, aber von der Frau oder der Leiche keine Spur! Und er selber wurde" … „Das langt mir, wir fahren sofort hin", unterbrach Reschnik die Ausführung seines Kollegen!

„Sind die beiden Beamten noch dort?" „Ja, bisher hat sich nichts Verdächtiges ereignet." „Gut, wir starten, ich komme auch mit", sagte Reschnik, dessen Gesicht jetzt einen sehr besorgten Ausdruck angenommen hatte, und zog sich seine Jacke an.

Der Polizist sah, wie es ihn mit stechendem Blick anstarrte. Sekundenbruchteile später raste die Bestie auf dem Beamten zu. Es gelang ihm noch zwei Schüsse aus seiner Dienstwaffe abzufeuern, einer davon streifte die „Ausgeburt der Hölle" am linken Bein, dann sprang ihm der Werwolf an und riss ihn zu Boden. Aus dem Maul des Ungeheuers tropfte der Geifer, als es nach der Kehle des Mannes schnappte, der vergeblich versuchte, die Kreatur abzuschütteln. Das Letzte, was er spürte, waren die Zähne der Bestie, die sich in seinen Hals bohrten und das Leben des Polizisten abrupt beendeten.

„**H**olger, was ist da los?", schrie der zweite Beamte. Da erblickte der verängstigte Polizist das, sich am Fleische seines Kollegen labende, Untier und schaltete panisch das Funkgerät ein. „Kommt schnell hierher! Bei dem Haus des Verdächtigen hält sich ein riesiger Wolf auf, er hat Holger getötet!", schrie er. „Ein Wolf? Habt ihr getrunken?" „Nein, hier treibt sich wirklich ein Wolf her rum, Holger ist" ... „Kommissar Reschnik fährt mit drei Kollegen zu euch, wartet da auf ihn und solltet ihr getrunken haben und der Verdächtige ist geflohen, dann könnt ihr euch auf etwas gefasst machen!" „Aber ich" ..., wollte er noch entgegnen, merkte dann aber, dass der andere den Funkverkehr abgebrochen hatte!

Plötzlich erklang ein dunkles tiefes Knurren, und als er durch die Windschutzscheibe sah, erkannte der Polizist, dass der Werwolf jetzt genau vor dem Auto stand. Auf das Gaspedal drücken oder schießen, diese beiden Gedanken schossen ihm zeitgleich durch den Kopf. Eigentlich von Natur aus ein eher entschlossener Mensch, zögerte er diesmal zu lange und traf zudem auch leider die falsche Entscheidung. Anstatt das Monster zu überfahren, entschied sich der Polizist für die zweite Option! Doch bevor der Mann abdrücken konnte, sprang der Wolf durch die Frontscheibe des Autos und biss ihm einfach die Hand ab! Der überraschte Beamte konnte nur noch einen ganz kurzen Schmerzensschrei ausstoßen, was zugleich seine letzte Handlung darstellte. Sekunden später rammte der Lykanthrop seine Zähne in die Brust des Opfers, und nachdem er ein größeres Fleischstück her rausgerissen hatte, fand der Werwolf, wonach er gesucht hatte. Triumphierend hielt die Bestie das blutende Herz des Polizisten zwischen seinen Zähnen, gleich einer Pose von siegreichen Sportlern, die ihre Trophäe emporheben.

Als Reschnik und seine Kollegen etwa fünfzehn Minuten später eintrafen, rissen sie erstaunt die Augen auf, denn der Anblick des Polizeiwagens, vor dem viele kleine Scherben der zerbrochenen Windschutzscheibe lagen, löste Fragen in ihnen aus. Was um alles in der Welt war hier nur passiert?

„**V**orsichtig, Herr Kommissar, da sind überall Glassplitter", warnte einer der Beamten Reschnik, der sich der Vorderseite des Autos näherte. Ein Blick in das Innere des Autos ließ den sonst sehr abgebrühten Kriminalisten aufschreien, gefolgt von einer gründlichen Entleerung seines Magens! In seinen Dienstjahren hatte er viele furchtbare Dinge gesehen und erlebt, aber dies hier übertraf alles!

Das Gesicht des Polizisten war völlig verstümmelt! Seine Nase und das linke Ohr fehlten, in der Brust klaffte ein großes, blutiges Loch, in etwa dort, wo sich einst das Herz befand. Doch der Höhepunkt des Grauens war noch nicht erreicht. Gerade als sich der Kommissar schüttelte und seinen Beamten Anweisungen geben wollte, hörte er die beiden schreien. „Mein Gott, hier liegt Holger, oder das, was von ihm übrig geblieben ist! Dieser Mann muss total irre sein, eine Bestie in Menschengestalt." Reschnik lief zu seinen beiden Beamten und wandte sich entsetzt ab, als er die Überreste seines ehemaligen Kollegen erblickte. „Nein, Gott hat hiermit überhaupt nichts zu tun, sagte der Kommissar. „Wie kann ein Mensch nur so etwas anrichten?", fragte einer der Polizisten. Es sieht eher so aus, als ob hier ein riesiges Raubtier gewütet hat", antwortete Reschnik, wobei er mühsam den in ihm aufkommenden Brechreiz unterdrückte.

Wie schon an vielen Wochenenden zuvor, hatten sie sich wieder im Wald versammelt. Zuerst waren sie nur ein halbes Dutzend gewesen, im Laufe der Monate wuchs ihre Anzahl aber auf über zwanzig an. Freaks, denen die kommerzielle Stadt nichts bot und die ihr eigenes Meeting im Wald, bisher ungestört von Polizei und den „ehrenwerten" Bürgern der Gemeinde, abhielten. Hier konnten sie feiern, befanden sich unter Gleichgesinnten, denn andere Stätten oder gar Lokalitäten, die für ihre Freizeitgestaltung interessant wären, gab es in der Stadt schon seit Längerem nicht mehr. Ein kleiner Teich bildete die Mitte ihres Platzes, der sehr versteckt im

Forst lag. Celia und Kevin lagen entspannt im hohen Gras und lauschten der Psychedelicmusik aus dem mitgebrachten Gettoblaster, als sie beide plötzlich Laufschritte hörten. „Oh nein, hoffentlich sind das nicht unsere geliebten Ordnungskräfte, dann ist der Freitag gelaufen", meinte die Frau. Kevin blickte auf und sah noch, wie auf dem Waldweg etwas Animalisches in Richtung Stadt lief. „Nein, es war nur ein Wolf, sah so aus wie diese Viecher aus den Horrorfilmen", beruhigte er seine Freundin! „Ein Werwolf? Wie viele Pappen hast du dir heute schon wieder reingezogen?", fragte sie und entkorkte eine neue Weinflasche.

Ihren Geruch hatte er zwar wahrgenommen, aber andere menschliche Düfte, die nicht aus dem Wald zu kommen schienen, waren wesentlich intensiver! Am Ende des Forstes musste sich eine riesige Menschenmenge befinden, absolut optimal, um seine Gier zu befriedigen!

Reschnik sah die offene Verandatür und wies die anderen an, einzutreten. „Aber wir haben doch gar keinen Durchsuchungsbefehl", gab einer der Polizisten zu bedenken. „Das ist mir egal, ich nehme die Verantwortung auf mich. Vielleicht finden wir in der Wohnung Hinweise, was der Mann vorhat oder seine Leiche, denn mir kommt es so vor, als ob ein Tier für dieses Massaker verantwortlich ist", sagte Reschnik mit nachdenklichem Blick. „Ein Tier?", fragten die drei Polizisten fast gleichzeitig. „Ja, ihr habt doch die Leichen unserer Kollegen gesehen, da muss euch doch klar sein, dass ein Mensch so etwas nicht anrichten kann!"

Die Polizeibeamten erwiderten nichts auf die Theorie ihres Vorgesetzten und betraten das Haus. Nachdem sie das Licht eingeschaltet hatten, staunten die Beamten über die vielen Wolfsfotos an den Wänden. Auch einige Skulpturen und Figuren aus unterschiedlichsten Materialien, die alle Meister Isegrim darstellten, zierten die Wohnung. „Kommen sie her und sehen sich das an", rief einer der Polizisten den Kommissar zu! Reschnik blickte auf dem Boden und sah dort die völlig zerrissenen Kleidungsstücke des Hausbewohners liegen. „Hm, es befindet sich aber kein Blut an der Kleidung", stellte der Kommissar fest. „Was hat das zu bedeuten?" „Ich habe auch etwas sehr Interessantes entdeckt", sagte sein Kollege Schmidt und hielt Reschnik eine alte Pistole hin. „Seien Sie, verdammt noch mal, vorsichtig mit dem Ding, wer weiß, ob die Waffe geladen ist." „Das ist sie", sagte der Beamte. „Mit Silberkugeln!" „Silberkugeln? Wer stellt denn so etwas her? Und warum? Das ist sehr merkwürdig, habt ihr sonst etwas entdeckt?" „Nur Fotos und Berichte von Wölfen und ein okkultes Buch über Vampire, Werwölfe und anderen Unsinn." „Werwölfe??" „Ich bin kein Psychiater, aber vielleicht ist der Mann schizophren und sieht sich in seiner zweiten Identität als Wolf an? Gibt oder gab es so einen Fall schon mal ?", fragte einer der Polizisten. „Nein, das ist Unsinn. Ich vermute eher, dass er sich einen Wolf hält und die beiden jetzt gemeinsam losziehen", widersprach Reschnik. „Allerdings ergibt die Sache mit der Kleidung keinen Sinn. Ruf mal in der Zentrale an, ob die noch mehr über seinen Aufenthalt in Osteuropa erfahren haben und lass eine Fahndung rausgeben!" „Mach ich Chef, aber es wird schwer werden, genügend Personal organisieren, denn heute ist doch das große Public Viewing hinten am Waldrand."

Reschnik sah ihn mit großen Augen an und schrie dann: „Verdammt, das ist nur ein paar Kilometer entfernt, wenn ...! Schick alle verfügbaren Beamten dorthin, hoffentlich ist es nicht schon zu spät!"

Das Ende des Waldes näherte sich und der Geruch nahm an Intensität zu. Eigentlich handelte es sich um ein Gemisch von vielen verschiedenen, für ihn geradezu aromatischen Düften von Humanoiden, die in seine sensible Nase eindrangen: Schweiß, Urin und andere Ausdünstungen unterschiedlichster Art. Seine Mordlust trieb ihn an, schneller zu laufen. Aus den Augenwinkeln sah er, wie zwei Rehe verängstigt das Weite suchten. Rehe! Das war vielleicht eine Beute für die irdischen Artgenossen, er benötigte eine andere!

Das Public Viewing konnte von den Veranstaltern jetzt schon als voller Erfolg bewertet werden. Hoher Bierkonsum und gute, optimistische Stimmung unter den Zuschauern, die bei einigen Fans allerdings in Arroganz und Überheblichkeit, was die Einschätzung zum Ergebnis betraf, überging. Man hatte eine riesige Leinwand aufgestellt, sodass selbst die Menschen in den hintersten Reihen noch alles gut erkennen konnten. Der organisatorische Aufwand war zwar immens gewesen, aber die Verkäufer an den vielen Ständen rieben sich die Hände, denn an diesem lauen, warmen Sommertag schien der Zustrom von neuen Fußballfans nicht zu enden.

Die deutsche Mannschaft dominierte das Spiel und schnürte den Gegner in der eigenen Hälfte ein. Als gerade ein guter Pass nach außen gespielt und dann von einem Angreifer durch eine präzise Flanke in die Mitte weitergeleitet wurde, zerfetzte die Leinwand just zu dem Zeitpunkt, wo der einschussbereite Mittelstürmer frei vorm gegnerischen Tor stand, und eine Ausgeburt der Hölle sprang in die Menschenmasse!

Reschnik hatte sämtlich Polizisten, die abkömmlich waren, zum Public Viewing geschickt und bis auf Schmidt auch jene, mit denen er hergefahren war. Er selbst hielt es für notwendig, zunächst das kleine Haus des Mannes noch gründlicher zu durchsuchen. „Irgendetwas ist faul an Ihrer Theorie, Chef!" „Warum, was meinst du?", fragte Reschnik, der gerade im Gedanken versunken in dem okkulten Buch blätterte. „Nun ja, wenn der Mann hier einen Wolf hält, der so wild und blutrünstig ist, dann bräuchte er doch einen Käfig oder etwas Derartiges für ihn. Außerdem frage ich mich, wo sich unser Tatverdächtiger aufhält, denn die Kollegen berichteten nichts davon, dass er das Haus verlassen hat und seine Leiche, (falls der Wolf ihn getötet hat), befindet sich nicht hier!" „Ja, das verstehe ich auch nicht. Es gibt aber noch ein weiteres Problem. Wir können uns nicht gleichzeitig um den Tatverdächtigen und den Wolf kümmern, dafür haben wir einfach nicht genügend Personal. Lass uns die Räume noch einmal gründlich durchsuchen, vielleicht finden wir dort doch noch irgendeinen Hinweis", sagte Reschnik, dem nicht wohl zumute war.

Ein schon stark angetrunkener Fußballfan, der nur wenige Meter vor der Leinwand stand, wollte gerade jubelnd die Arme hochreißen, als eine Art großer Hund auf ihn zusprang. Mit weit aufgerissenen Augen blickte er dem Todesboten ins Gesicht, dann spürte er, wie die Schneidezähne des Werwolfes seine Halsschlagadern durchtrennten. Einen Augenblick später fiel der unbehaarte runde Kopf auf die Wiese, tippte noch einmal kurz auf, kullerte einige Zentimeter weiter und blieb dann liegen. Die aufgemalten Deutschlandfahnen auf seinen Wangen verfärbten sich durch einige Blutspritzer von schwarzrotgold fast komplett in dunkelrot.

Auf der Leinwand konnte man zeitgleich den abgefälschten Schuss eines Stürmers sehen. Der Ball prallte, ähnlich wie bei dem menschlichen Haupt, noch zweimal kurz auf, um dann wenige Zentimeter neben den Pfosten ins Toraus zu rollen, wo er zum Stillstand kam. Eine makabere, inszenierte Parallele des Schicksals, die man in einem Film vielleicht als lustig empfunden hätte.

Unter den Besuchern des Public Viewings aber hatte die Szene des rollenden Kopfes Angst, Entsetzen und Panik, die bei einigen schon in Hysterie ausartete, verursacht. Jene Fans, welche sich nahe der Leinwand aufhielten, ergriffen als erste die Flucht, während viele Zuschauer aus den hinteren Reihen den Vorfall gar nicht registriert hatten und vom Ansturm der verängstigten Menschen überrascht wurden.

Der überwiegende Teil lief in die Innenstadt, andere in den nahen Wald. Taxifahrer, die in der Nähe der Festwiese auf Kunden warteten, wunderten und erfreuten sich gleichzeitig über den großen Ansturm, denn jeder von Ihnen bekam Kundschaft.

Einige Fußballfans mussten sich mit einem Seitensprung retten, als Autos in überhöhter Geschwindigkeit an ihnen vorbeirasten und bedauerten es zugleich, dass sie ihr Fahrzeug zu Hause gelassen hatten.

Der Spruch: „Das Bier floss in Strömen!" beruhte hier auf Wahrheit, da die flüchtende Menschenmasse mehrere Stände umrannte und der Inhalt der Fässer sich auf die Wiese ergoss. Dort bildete die braune Flüssigkeit ein Rinnsal, das sich seinen Weg durch die Wiese zum Hauptweg bannte und von dort in Richtung Zufahrtstraße floss.

Auch der Betreiber eines Würstchengrills bekam die für ihn schmerzhaften und kurze Zeit später sogar tödlichen Auswirkungen der hysterischen Menschenmasse zu spüren, denn sein Stand hielt dem Ansturm ebenso nicht statt und er landete auf dem heißen Grill. Als er, nachdem der größte Teil der Fußballfans an ihm vorbeigelaufen war, sich mit schmerzverzerrtem Gesicht wieder aufrichtete, blickte er in ein paar gelbe, funkelnde Augen!

Ihre Befürchtungen sind leider eingetreten. Der Wolf befindet sich tatsächlich auf dem Public Viewing, es soll dort etliche Tote gegeben haben! Einige Augenzeugen behaupten, dass es kein normaler, sondern ein Werwolf sei! Wahrscheinlich haben die schon mehr als zwei Bier intus. Über dem Aufenthalt und dem Verschwinden der Verlobten des Verdächtigen im Ausland erfuhren wir jetzt ein paar neue Geschichten, Gerüchte oder wie immer man es auch nennen will. Der Kommissar lauschte neugierig den Erzählungen übers Handy und blickte danach seinen Kollegen an! Ein

Werwolf?, dachte Reschnik. Das erschien unglaublich, aber es würde zu dem okkulten Buch passen und die Ereignisse und Gerüchte in Osteuropa beruhten vielleicht teilweise auf Wahrheit, fanden somit auch eine Erklärung.

Seine Mordlust war einigermaßen befriedigt, und da man jetzt auf ihn schoss (glücklicherweise nicht mit Silberkugeln), floh er in den Wald. Er hörte seine Verfolger schreien und fluchen. In dem Forst würden sie ihn nie erwischen, denn es gab hier unzählige Verstecke. Da fiel ihm ein, dass er auf dem Hinweg einige Menschen gerochen hatte. Und nicht nur Menschen, in der Nähe schien sich ein kleiner Tümpel oder Teich zu befinden.

„Du kannst mir glauben, Celia: Es war ein Werwolf!" „Na klar, und ich bin Rotkäppchen! Hör endlich auf mit diesem Unsinn. Du solltest dir nicht so viele Trips einwerfen, wenn du Realität und Halluzinationen nicht mehr unterscheiden kannst!" „Aber ich habe heute nichts genommen, nur vier Tüten geraucht und davon bekomme ich keine „Halluz"!" „Ich glaube dir kein Wort, denn" ... Celia verstummte und blickte in Richtung Waldweg, wo sie meinte, eine Bewegung wahrgenommen zu haben! „Kevin, da kommt jemand!" „Hoffentlich nicht der Wolf, ich bin nämlich total stoned und kann mich kaum noch rühren!" „Idiot, reiß dich mal zusammen und sag den anderen Bescheid, nicht dass wir" ... Sie brach den Satz ab, denn ein dunkles Knurren, dessen Verursacher der Lautstärke nach sich in unmittelbarer Nähe befand, ließ Celia erschauern!

„Es ist unser Mann, ich habe die Maske gefunden, rief Schmidt! Sie entspricht genau den Beschreibungen der beiden Frauen, die ihm entkommen sind." Reschnik nickte, in seinem Kopf schwirrten immer noch die Bilder von den toten Kollegen, deren Überreste sich mittlerweile im Leichenschauhaus befanden, her rum. „Und noch etwas habe ich gefunden: Kontaktlinsen!" „Ja, unsere Kollegen haben meinen Verdacht, dass der Mann unter einer Leberkrankheit leidet, vorhin bestätigt, daher seine gelben Augen. Die Kontaktlinsen trug er nur, wenn er nicht mordete!" „Aber warum hat er nicht bei den Morden die Kontaktlinsen getragen und bei der Arbeit keine, das wäre doch sinnvoller gewesen?" Reschnik sah seinen Kollegen nachdenklich an und sagte dann schulterzuckend: „Wer weiß? Vielleicht wegen des Wolfes?" „Haben sie das Biest eigentlich schon erlegt?", fragte Schmidt. „Nein, er ist in dem Wald gelaufen, und ich glaube, unser Killer befindet sich auch in dem Forst. Wir sollten uns auch dorthin begeben, denn mir ist nämlich gerade eingefallen, dass sich bei dem kleinen Tümpel in dem Wald fast jeden Freitag einige junge Hippies treffen und dort feiern. Da sie ihren Müll wieder mitnehmen und auch sonst keinen Ärger verursachen, lassen unsere Kollegen sie gewähren, obwohl wir natürlich von Zeit zu Zeit ein Auge auf die Bande werfen, weil … Aber das tut jetzt nichts zur Sache, wir müssen sie unbedingt warnen!" Die beiden überprüften ihre Dienstwaffen und machten sich auf dem Weg Richtung Waldgebiet. Aus dem Augenwinkel sah der Polizeibeamte, dass Kommissar Reschnik die Pistole des Killers in seine Manteltasche steckte, sagte aber nichts dazu.

Kevin hörte das Knurren nun auch und packte Celia energisch an dem Arm. „Komm, lass uns zu den anderen gehen, vielleicht ist da jemand im Besitz einer Waffe!" In diesem Moment kam sein Kumpel Hannes auf ihn zu und fragte: „Warum hängt ihr die ganze Zeit alleine ab? Wir haben so viel zu fressen und saufen gekauft, das schaffen wir nie" ... Hannes drehte sich vorsichtig um, da er ein Fletschen aus dem Gebüsch hinter sich hörte. „Ey, was ist das für ein Geräusch? Habt ihr neuerdings einen Köter? Das Vieh soll mich bloß nicht anrühren, dann" ... Er konnte seinen Satz nicht mehr beenden, da hinter seinen Rücken urplötzlich der Werwolf aus dem Unterholz sprang. Hannes stürzte mit dem Gesicht auf dem moosigen Waldboden, unfähig, sich gegen die Attacke zu wehren. Das Paar sah entsetzt mit an, wie die Höllenkreatur in den Kopf ihres Freundes biss und dessen linkes Ohr verschlang. Celia schrie hysterisch auf, während Kevin sie wegzog und mit ihr zu dem nahen Waldweg rannte. „Wir laufen in die Stadt, gegen das Biest haben wir keine Chance!" „Mein Gott, was war das?" „Ein Werwolf, das habe ich dir vorhin schon versucht zu erklären!" Als sie den Waldweg erreichten, sahen sie zwei Männer auf sich zukommen. „Komm, vielleicht hat einer von denen ein Handy dabei, dann kann er die Cops anrufen", sagte Celia! „Mein Gott, dass wir uns mal die Hilfe von denen wünschen würden, hätte ich auch nie gedacht.", erwiderte Kevin.

Reschnik sah zwei Personen aus dem Gebüsch laufen. Wenn ihn seine Erinnerung nicht trog, befand sich hinter dem Dickicht der kleine Tümpel. Als Kind hatte er dort unzählige Stunden verbracht. Erinnerungen kamen in ihm auf: Szenen von einem kleinen angelnden Jungen, der abends mit dreckiger, zerrissener Hose nach Hause kam und sich von seiner wütenden Mutter eine Strafpredigt anhörte. Eine Woche Stubenarrest und Halbierung des Taschengeldes verhängten seine Eltern anschließend als erzieherische Maßnahme.

Und dann tauchten plötzlich andere Bilder auf. Eine Vision, in der er durch den Wald lief, aber es war nichts Menschliches mehr an ihm, denn … „Herr Reschnik, ist Ihnen nicht gut?", fragte Schmidt. „Nein, alles in Ordnung!", erwiderte der Kommissar. Aber das entsprach nicht der Wahrheit, denn außer den Erinnerungen und der Vision spürte er tief in seinem Inneren eine Art Vorahnung, ein kaltes, ungutes Gefühl, wissend, das etwas sehr Schreckliches passieren würde, doch was konnte schon grausamer sein als die Ereignisse der letzten Stunden?

Kevin und Celia hatten jetzt Reschnik und Schmidt erreicht. „Helfen Sie uns! Dort beim Tümpel ... Ein Wolf, er hat unseren Freund" …, stammelte Kevin, der nicht mehr in der Lage war, einen klaren Satz zu artikulieren. Zwei Drogenkonsumenten, dachte Reschnik, der solchen Personen in seiner langen Dienstzeit des Öfteren begegnete. Aber das war jetzt unwichtig, er musste unbedingt das Biest erledigen. „Beruhigen Sie sich und sagen Sie uns, was passiert ist", munterte er die beiden auf. Celia, welche die etwas Gefasstere der beiden war, sagte: „Das erste Mal sah Kevin ihn vor etwa einer Stunde, als er Richtung Wiese lief und jetzt ist er zu dem Tümpel gekommen und unser Kumpel Hannes" …! Die junge Frau war unfähig, den Satz zu vollenden und brach in Tränen aus! „Bleiben Sie mit den beiden hier und rufen Verstärkung. Ich versuche, die Bestie zu erledigen!", wies er Schmid an. Halten sich dort am Tümpel noch weitere Menschen außer euch und dieser Hannes auf?" Kevin, an dem die Frage gerichtet war, wollte gerade antworten, als plötzlich laute Schreie ertönten. Reschnik zog die Pistole mit den Silberkugeln aus seiner Jackentasche und lief los!

Auf dem Weg zum Gewässer kamen ihn acht weitere Freaks entgegengelaufen. Als sie Reschnik sahen, stammelte einer von ihnen einige unzusammenhängende Worte in seine Richtung, verstummte aber plötzlich, nachdem er die Pistole bemerkte, und rannte, ebenso wie die anderen, in Richtung Waldweg. „Hoffentlich kümmern sich meine Kollegen um die Hippies, sehen alle stark traumatisiert aus, aber wenigstens sind sie unverletzt geblieben", dachte er und lief weiter.

Kurz bevor der Kommissar den Tümpel erreichte, stolperte er fast über einen Leichnam. „Das muss dieser Hannes sein, oder das, was noch von ihm übrig ist", dachte Reschnik und wandte entsetzt seinen Blick ab. Und dann sah er ihn: Die gelben Augen strahlten, blitzten bösartig, als der Werwolf den Mann bemerkte und seinen Kopf in Richtung des Kommissars wendete. Unter ihm lag eine angefressene Leiche, Reschnik erkannte aus der Entfernung nicht, ob es sich um einen Mann oder eine Frau handelte, wahrscheinlich würden sich die Identifizierungen der Leichen als schwierig gestalten. Merkwürdigerweise lief der Lykanthrop nicht auf dem Polizisten zu, sondern musterte ihn gründlich, vielleicht ahnend, dass ihm jetzt ein gefährlicher, ebenbürtiger Feind gegenüberstand. Der Kommissar richtete ganz langsam die Pistole auf dem Werwolf und visierte sein Ziel an.

Die Bestie stand weiterhin bewegungslos vor dem Tümpel, in dessen Wasser sich das funkelnde Gelb ihrer Augen und der leuchtende Vollmond widerspiegelten. In dem Werwolf machte sich ein Gefühl der Irritation breit. Bei allen Menschen, auf denen er in seinem „Dasein" traf, spürte er Angst, roch den strengen Geruch von ausströmendem Schweiß, aber dieser Mann schien keine Furcht zu empfinden. War nun etwa das Ende seiner höllischen Mission gekommen, was gleichzeitig die Erlösung für den menschlichen Part seiner zwiespältigen Lebensform bedeutete?

„**K**ümmert euch um die jungen Leute hier, einer kommt mit mir, denn der Kommissar ist ganz alleine in Richtung des Tümpels gegangen, und das Biest ist äußerst gefährlich. Die Rede ist von zwölf Toten und vier Verletzten, bei einem der Verwundeten riss der Wolf ein Stück Fleisch aus dem Oberschenkel heraus." „Habt ihr eine Ahnung, wo das Vieh überhaupt herkommt?", fragte einer der eingetroffenen Polizisten. „Bis vor ein paar Stunden jagten wir noch einen Frauenmörder und jetzt müssen wir uns zusätzlich mit einem mutierten Wolf oder was es darstellt, beschäftigen!" Schmidt wollte erst etwas erwidern, behielt seine Gedanken dann aber doch lieber für sich und schüttelte verneinend den Kopf.
Reschnik stand vor einem Problem. Aus dieser Entfernung und zudem bei der Dunkelheit stellte sich das Zielen und Treffen, als äußerst schwierig dar! Entweder näher herangehen oder das Biest dazu animieren, auf ihn zuzulaufen, diese beiden Optionen „schossen" ihm durch den Kopf. Beide waren nicht ohne Risiko, denn die Reaktionsschnelligkeit und Geschwindigkeit des Werwolfes konnte er schwer einzu-

schätzen. Noch unschlüssig ob des weiteren Vorgehens, wurde dem Kommissar die Entscheidung abgenommen, denn urplötzlich lief das Monstrum los, und es sah nicht nur wie ein Gesandter des Hades aus, sondern war zudem auch höllisch schnell! Reschnik feuerte einen Schuss ab, der die Kreatur aber um Haaresbreite verfehlte, dann spürte er die Zähne des Wolfes an seiner Schulter, als dieser ihn anfiel und zu Boden riss. Mit einem Fußtritt gelang es dem Kriminalbeamten, seinen Gegner kurzzeitig vom Leib zu halten, bevor der fester zubeißen konnte. Die Lage stellte sich aber nun als äußerst bedrohlich für den Kriminalisten dar, denn durch den Sturz fiel seine Waffe auf dem moosbewachsenen Waldboden und in der Dunkelheit konnte er nicht erkennen, wo sich die Pistole befand.

Genau in dem Moment, als sich der Werwolf anschickte ihn erneut zu attackieren, ertönten die lauten Rufe zweier Männer, was seinen höllischen Kontrahenten veranlasste, von ihm abzulassen, um sich den neuen Gegnern zuzuwenden. Reschnik sah, dass es sich bei den Besitzern der Stimmen um Schmidt und einen weiteren Kollegen handelte, der jetzt von dem Biest angefallen wurde. Schmidt feuerte noch reaktionsschnell aus seiner Pistole, stürzte dann aber unglücklich zu Boden, da der andere Polizist ihn mit zu Fall brachte.

Der Kommissar nutze den Zeitgewinn, um nach der Pistole zu suchen, was sich wegen der Dunkelheit als schwierig erwies. Da trat er mit seinem rechten Fuß auf einen Gegenstand, der sich ziemlich hart anfühlte. Als er hinuntersah, realisierte Reschnik, dass er die Schusswaffe gefunden hatte. Eilig hob er sie auf und lief zum Kampfgeschehen, wo der

Werwolf mittlerweile mit der Ausweidung des Polizisten begann und Schmidt, der bewegungsunfähig unter diesem lag, vor Entsetzen aufschrie. Die Bestie hörte den Kommissar herannahen, aber als der Werwolf sich auf Reschnik stürzen wollte, verfing er sich mit seinen Zähnen in den Darmschlingen des toten Beamten und brauchte einige Sekunden, um sich zu befreien. Diesen glücklichen Umstand nutzte der Kommissar aus, näherte sich dem Biest bis auf einige Meter und traf dem Werwolf mit einem gezielten Schuss in die Stirn.

Die Bestie fiel von ihrem Opfer, für das die Hilfe leider zu spät kam, herunter auf den Waldboden, wo sie nach einigen Sekunden verstarb. Schmidt, der glücklicherweise unverletzt geblieben war, und Reschnik standen schweigend einige Meter neben dem toten Werwolf und verfolgten gespannt die nun einsetzende Rückverwandlung.

Als Erstes bildeten sich die Pfoten zurück, wurden wieder zu unbehaarten Füßen und Händen mit Fingern und Zehen, dann verschwand das restliche Fell allmählich. Sämtliche Muskeln verkleinerten sich und ein nackter Männerkörper lag jetzt vor ihnen. Zum Schluss verwandelte sich der Kopf zurück. Die Halsschlagadern schwollen ab, die spitzen Ohren nahmen wieder ihre ursprüngliche menschliche Form an, ebenso der Kiefer und zuletzt verschwand auch die Behaarung aus dem Gesicht.

„**D**as ist ja" ...! „Dr. Broschinski", vollendete Reschnik den Satz seines Kollegen. „Als Mensch ermordete er Frauen und bei Vollmond kam seine zweite Persönlichkeit zum Vorschein." „Aber warum die Morde?", fragte Schmidt. „Nach unseren letzten Recherchen ist seine Verlobte damals in Osteuropa von einer Frau getötet worden, die vom Aussehen große Ähnlichkeit mit seinen späteren Opfern besaß. Offiziell wurde sie und auch die Täterin, die damals starb, in den Akten als vermisst gemeldet. Unsere Kollegen leisteten bei ihren Nachforschungen in den letzten Tagen sehr gute Arbeit und erfuhren, dass die Mörderin zu einer einflussreichen, vermögenden Familie gehörte, wodurch der Fall nicht an die Öffentlichkeit gelangte, was wohl zum Teil den Hass des Mannes erklärt (das würde jetzt zumindest unser Psychologe sagen)."

„Aber das war nicht sein einziges Motiv!", dachte Reschnik, der richtigerweise schlussfolgerte, dass die Slawin damals ebenfalls ein Doppelleben führte und Broschinski durch einen Biss zu der Bestie werden lies, die alleine in der heutigen Nacht mehr als zehn Menschen getötet hatte.
„Was erzählen wir jetzt den anderen?", fragte Schmidt. „Die Wahrheit, jedenfalls teilweise! Wir haben den Frauenmörder getötet. Aber eines gibt es für mich noch zu tun. Ich muss unbedingt mit den Verletzten von der Fußballveranstaltung sprechen", sagte der Kommissar mit besorgtem Gesichtsausdruck. „Zunächst einmal sollten Sie an ihre eigene Gesundheit denken und sich behandeln lassen, denn die Befragungen sind doch jetzt, nach dem Tod des Killers nicht mehr so dringend." „Doch, sie sind immens wichtig! Es ist notwendig, dass **ich(!!)** mit allen gemeinsam rede, denn es gibt da etwas, dass ich nicht ganz verstehe", log Reschnik, der seine wahren Absichten nicht preisgeben wollte.

Im städtischen Krankenhaus desinfizierte und verband man die Wunde Reschniks, danach gewährte man dem Kommissar einen Aufenthaltsraum für die Befragung der verletzten Public Viewing Teilnehmer, von denen man einen schon entlassen hatte, den die Polizei aber mittels Anruf herbeorderte. Als sich alle Verwundeten eingefunden hatten, warf Reschnik einen Blick in die Runde. Ein junger Mann saß im Rollstuhl, sein rechter Oberschenkel war komplett bandagiert, während der bereits aus dem Krankenhaus entlassene Public Viewing Besucher nur eine leichte Bisswunde, ähnlich der des Kommissars, hatte. Drei der Männer sahen ihn neugierig, der vom heimischen Sofa „entführte" Fußballfan aber sichtlich genervt an. Bevor Reschnik seine Befragung beginnen konnte, schnauzte dieser Mann ihn an: „Was soll ich hier schon wieder? Ihre Kollegen protokollierten doch meinen ausführlichen Bericht. Ihretwegen verpasse ich nun die Interviews mit den Spielern und unseren großartigen Bundestrainer. Mein Bier ist bestimmt auch schal, wenn ich nach Hause komme, langt es denn nicht" …

Ein lauter Knall beendete den Redeschwall des Mannes, auf dessen Stirn sich nun ein kleines, kreisrundes Loch befand, aus dem Blut strömte. Das Erstaunen der anderen Fußballfans war groß, als sie zunächst auf die Leiche des Mannes und danach den Kommissar, in dessen Hand sich plötzlich eine Pistole befand, starrten. Sie reagierten total unterschiedlich. Während der Mann im Rollstuhl durch einen gezielten Schuss in das Herz zum zweiten Opfer des Kommissars wurde, versuchte einer der beiden anderen zu fliehen, war aber durch seine Wunde stark gehandicapt, was ihm eine Silberkugel in den Hinterkopf bescherte. Der letzte Fußballfan versuchte sich auf den Kommissar zu stürzen, um ihn zu entwaffnen. Reschnik wich aber geschickt aus und schoss den Mann anschließend dreimal in den Rücken. Kurz nach dieser vierten Hinrichtung wurde die Tür aufgerissen und zwei Polizeibeamte schrien: „Waffe fallen lassen, sonst …"! Der Kommissar kam der Aufforderung nicht nach, sondern hielt sich stattdessen die Pistole an seine Schläfe und drückte ab, was aber nur ein leises Klicken zu Folge hatte.

Einige Wochen später rätselten drei Ärzte in der Psychiatrie zum wiederholten Male über den Fall des ehemaligen Kommissars herum. „Reschnik erzählt immer noch dasselbe. Wirres Zeug von Werwölfen, dass er die Leute erschießen musste, weil sie sich sonst auch verwandelt hätten und man ihn unbedingt noch vor dem nächsten Vollmond hinrichten solle." „Und zwar durch einen Schuss aus einer Pistole, die mit silbernen Geschossen bestückt ist, was er ständig wiederholt, ergänzte ihn der zweite Psychiater. „Hm, das ist sehr interessant! Ist Ihnen bekannt, dass er seine Opfer tatsächlich mit Silberkugeln tötete?", schaltete sich jetzt der Chefarzt der Psychiatrie in das Gespräch ein. „Ja, aber was schließen Sie daraus?" „Ich vermute, der Mann litt unter einer fixen Idee. Durch diesen Vorfall mit dem Wolf beim Public Viewing und den grauenhaften Anblick seiner toten Kollegen hat irgendetwas in seinem Kopf Wahnvorstellungen verursacht."

In seiner Zelle sah er nicht, ob das Tageslicht schon der Dämmerung wich. Die Ärzte in der Psychiatrie schienen alles komplette Narren zu sein. Trotz der vielen Berichte und

Beschreibungen von Besuchern des Public Viewing, die sie ausnahmslos als übertrieben abtaten, glaubten sie ihm nicht.

Sämtliche Versuche von ihm, sie zu überzeugen, schlugen fehl. Zunächst Schilderungen, logische, von ihm abgegebene Darlegungen seiner Beweggründe, alles ohne Erfolg! Wie sehr er sich auch bemühte, ihnen das Motiv seiner Handlungsweise zu erklären, die Ärzte taten es als völligen Irrsinn ab. Dann Flehen und betteln, sie mögen ihn vor dem nächsten Vollmond mit einer Silberkugel töten und zum Schluss, nachdem ihm nichts mehr einfiel, simulierte Tobsuchtsanfälle, um wenigstens zu erreichen, dass sie ihn in eine Zwangsjacke steckten. Aber würde die überhaupt ausreichen, um zu verhindern, dass **es**, wenn die Zeit kam, ausbrechen konnte? Reschnik bezweifelte es, wenn er an den Kampf mit dem Broschinskiwerwolf zurückdachte! Was für immense Kräfte hatte die Kreatur besessen. Ja, er war sich fast sicher, dass auch diese jämmerliche Jacke das Biest bei der Ausübung seines blutigen Auftrages kaum hindern würde.

Seine Sinne verschärften sich in den letzten Minuten, vor allem die olfaktorische Wahrnehmung und sein Gehör. Draußen redeten die Pfleger über ihn, rissen Witze und belustigten sich über andere Patienten. Und dann jene Düfte, die er vorher niemals wahrgenommen hatte. Sie verbanden sich mit dem widerlichen Geruch dieser sterilen Zelle, der ihn fast wahnsinnig machte, wurden zu einer Mixtur, die fast berauschend auf ihn wirkte. Das Grauen kam in naher Zukunft, er spürte, wie es von ihm Besitz ergriff.

In den letzten Nächten hatten sich seine Albträume intensiviert! In ihnen sah er Ströme von Blut, verstümmelte, ausgeweidete Leichen und oft lief er durch weite, große Wälder immer auf der Suche …! Wonach? Er schien in den Träumen nicht nur nach neuen Opfern Ausschau zu halten, da gab es noch etwas anderes!

Seine Hoffnung ruhte auf Schmidt, denn bei seiner Intelligenz müsste der eigentlich schlussfolgern können, was für eine Gefahr jetzt von seinem ehemaligen Vorgesetzten ausging. Aber erteilten sie ihm das Besuchsrecht? Dann bestand auch noch das Problem der Waffe und ... !

Es begann! In seinem Körper brannte es! Ein Feuer ohne Funken und Glut, das er zwar nicht sah, dafür aber umso schmerzlicher spürte. Dies war ohne Zweifel der Anfang! Seine Füße, besonders die Zehen, schwollen an, auch die Brust, aber nicht vor Stolz! Sämtliche Muskeln spannten sich, dann zerriss die Zwangsjacke, wonach das Wesen, welches man bis vor Kurzem noch als Kommissar Reschnik betitelte, endlich Bewegungsfreiheit erlangte.

Fernab der Psychiatrie, an einem Ort, der bei den Menschen, je nach Land, Religion oder Kultur im Laufe der Jahrhunderte viele verschiedene Namen bekam, freute man sich über einen neuen Mitstreiter!

SINNLOS

Sinnloses Leben, das du führst
Hast dich gehängt an Illusionen
Pure Verzweiflung, die du in dir spürst
und quälende Depressionen

Die Zukunft, erscheint dir schwarz und grau
Starrst in den Himmel, suchst nach Zeichen
Andere lachen, gehen über Leichen!
Was aus **dir** wird interessiert keine Sau!

Die Welt hat sich gewandelt, total verändert,
doch du bist immer der Gleiche geblieben
Wolltest flüchten - aber wohin?
Das Leben hat dich malträtiert, gerädert,
bist gebrochen von den Schicksalshieben
und nun suchst du nach den Sinn

LEERE

Ich starre auf weiße Wände
Nur Leere in meinem Kopf
Stille um mich herum
Zitternde Hände
Eine Träne, die heruntertropft
Rede mir ein: Ich bin stumm!

Ich starre auf die weiße Decke
In meinen Körper ist nur Leere
Keine Regung, kein Gefühl
Sehe etwas Schimmel in der Ecke
Ob ich jemals zurückkehre?
Hass kommt auf-ist ein Ventil!

Ich starre auf den weißen Boden
Es brodelt tief in mir drin, spüre:
Der Hass ergreift von mir Besitz
Es brennt in mir, pocht in den Hoden
Fühle mich wie ein wildes Tier
Mein ganzer Körper ist verschwitzt

Ich starre auf das Fenster
Doch da ist ein Gitter vor!

Gefangene

Wir sind Gefangene unserer Seelen,
lassen uns von ihnen lenken.
Liebe, Hass sind nicht nur Worte.
Wir lassen uns von ihnen quälen,
anstatt einmal nachzudenken.
Emotionen, so wild wie eine Horde.

Wir sind Gefangene von Zwängen,
willenlose Sklaven der Gesellschaft.
Karrieredruck, Wohlstand und: ... Gier!
Wir lassen uns davon bedrängen.
Nennen uns frei und zivilisiert, doch sind in Haft
und vom Wesen bleiben wir: ... ein Tier!

Nur wenige sind Gefangene ihrer Träume,
lassen sich von ihnen treiben,
phantasievoll und Ziele vor Augen.
Und sind es manchmal auch nur Schäume,
Einige werden für die Ewigkeit bleiben.
Man muss nur daran glauben!

Durch die Stadt

Ich sah in Augen ohne Leben
so kalt, leer und tot
obwohl noch nicht gestorben

Ich blickte in Gesichter,
die ihr Leid hinausschrien,
ohne ihren Mund zu öffnen

Fahre durch Straßen, vorbei an Häuser,
die Geschichten erzählen könnten,
welche Bücher füllend wären

Sehe Lichtschein aus Wohnungen,
Räume, in denen gefeiert wurde
und Plätze, wo wir uns einst trafen

Erinnerungen durchfluten mein Gehirn
Wogen von Liebe und Hass, Freud und Leid,
von Produkten einer verruchten Stadt

Die Vergangenheit ist eine schwarz-weiße Kammer
Die Zukunft ein Asyl der Hoffnung
und die Gegenwart ein Hirte, der seine Herde schlachtet!

Der Eunuch

Unter einer großen, breiten Buche
saß einsam ein Eunuche
Von der Konstitution her kerngesund,
doch er wäre so gerne wieder ein Hund!

Unter einer imposanten Linde
lag eine Frau namens Gerlinde
mit einem Mann, wie aus einem Bilderbuch
und der war kein Eunuch!

Zum Schluss ein kleines Märchen:

Vom Fischer, der zum Gärtner wurde oder wie ein Baum zu seinem Namen kam!

Es lebte einst ein Seemann, der war seiner Arbeit überdrüssig. So beschloss er fortan auf dem Lande sesshaft zu werden, kaufte ein Stück Acker und beschäftigte sich intensiv mit dem Gartenbau und der Pflanzenzucht. Im Laufe der Jahre gelang es ihm, so manche neue Art zu kreieren. Eines Tages aber drohte ein besonders schöner von ihm gezüchteter Baum einzugehen. Fieberhaft überlegte der Mann, wie er dem Gewächs helfen könne. Da erinnerte er sich an die Mitbringsel aus seiner Seefahrtzeit und fand unter ihnen eingelegte Körperteile von einem der größten Meeresbewohner. Er stampfte sie in kleine Stücke, mischte diese unter den Dünger und wartete.

Wie durch ein Wunder erholte sich der Baum plötzlich nach einigen Tagen. Prächtige, wunderschöne Blüten bildeten sich an den Zweigen, aus denen später wohlschmeckende Früchte wurden. Freudig darüber, dass seine Lieblingspflanze nun doch weiter leben durfte, benannte der ehemalige Fischer sie nach dem Körperteil des Tieres, das den Baum gerettet hatte. Und so hieß das Gehölz fortan:

Walnussbaum!

Inhaltsverzeichnis

Seite/n

Widmung	2
Impressum	4
Vorwort	5
Der Tod der Giganten	6-9
Der Bussard	10-28
Variationen des Wahnsinns	29-42
Der Schrank	43-46
Kriege willenloser Heere	47-49
Die Zerstörungswut eines gescheiterten Herrschers	50-51
Hermann, komm her, man!	52-69
Das Ende des Befreiers	70-80
Die gelben Augen des Todes	81-120
Sinnlos	121
Leere	122
Gefangene	123
Durch die Stadt	124
Der Eunuch	125
Märchen	126
Inhaltsverzeichnis	127
Nachwort	128

Anmerkungen, Nachwort und Dankeschön:

Zunächst einmal wieder der Hinweis, dass sämtliche in den Geschichten vorkommenden Personen, Handlungen und Orte frei erfunden sind!

Und dann natürlich an dieser Stelle wieder mein üblicher Dank an meine Freunde, die mir bei der Entstehung dieses Buches geholfen, bzw. mich inspiriert haben. Allen voran Thorsten C. (lieferte mir eine sehr gute Idee zu der Story „Die Gelben Augen des Todes"), Thomas C. und J.W., die etliche gute, interessante Anregungen hatten.

Dank auch an das KreativWerk Lägerdorf für die Erstellung des tollen Covers.

Jörg Maaß